Joseph von Eichendorff

Die Entführung

Eine Meerfahrt

Libertas und ihre Freier

Drei Erzählungen

Joseph von Eichendorff: Die Entführung / Eine Meerfahrt / Libertas und ihre Freier. Drei Erzählungen

Die Entführung:
   Erstdruck: In »Urania«, Leipzig, F. A. Brockhaus, 1838.
Eine Meerfahrt:
   Entstanden um 1836. Erstdruck posthum 1864.
Libertas und ihre Freier:
   Erstdruck: 1848

Neuausgabe
Herausgegeben von Karl-Maria Guth
Berlin 2017

Umschlaggestaltung von Thomas Schultz-Overhage unter Verwendung des Bildes: Jean-Baptiste Oudry, Ludwig XV. auf der Jagd, 1730

Gesetzt aus der Minion Pro, 11 pt

Verlag: Henricus - Edition Deutsche Klassik GmbH
Mörchinger Str. 33, 14169 Berlin, info@henricus-verlag.de
Druck: Libri Plureos GmbH, Friedensallee 273, 22763 Hamburg

ISBN 978-3-86199-909-6

Bibliografische Information der Deutschen Nationalbibliothek

Die Deutsche Nationalbibliothek verzeichnet diese Publikation in der Deutschen Nationalbibliografie; detaillierte bibliografische Daten sind im Internet über www.dnb.de abrufbar.

Die Entführung

Der Abend senkte sich schon über der fruchtbaren Landschaft, welche die Loire durchströmt, als ein junger Mann, jagdmüde und mit der Büchse über dem Rücken aus dem Walde tretend, unerwartet zwischen den grünen Bergen in der schönsten Einsamkeit ein altes Schloß erblickte. Er konnte durch die Wipfel nur erst Dach und Türme sehen, von Efeu überwachsen, mit geschlossenen Fenstern, halb wie im Schlafe. Neugierig drang er durch das verworrene Gebüsch die Anhöhe hinan, es schien der ehemalige Schloßgarten zu sein, denn künstliche Hecken durchschnitten oben den Platz, weiterhin schimmerte noch eine weiße Statue durch die Zweige, aber rings aus den Tälern ging der Frühling, mit Waldblumen funkelnd, lustig über die gezirkelten Beete und Gänge, alles prächtig verwildernd.

Jetzt, um eine Hecke biegend, sah er auf einmal das ganze Schloß vor sich, mitten im Grün, als wollts in alle Fenster steigen; auf der steinernen Rampe vor der Saaltür, vom Abendrot beschienen, saßen eine ältliche Dame und eine schlanke Mädchengestalt am Stickrahmen, ein zahmes Reh graste neben ihnen in der schönen Wildnis, alle drei den Ankommenden erstaunt betrachtend.

Dieser stutzte überrascht, aber schnell entschlossen näherte er sich den Frauen und entschuldigte mit vielem Anstand seinen unwillkürlichen Überfall; er kenne hier die Waldgrenzen noch zu wenig, so sei er in dies fremde Revier geraten und lege nun als Wildschütz sein Geschick in ihre Hände. Die alte Dame, ohne seine Entschuldigung besonders zu beachten und ihn vom Kopf bis zu den Füßen mit den Blicken messend, bat ihn, da er fein gekleidet erschien, ziemlich kalt, neben ihnen Platz zu nehmen, indem sie auf einen Lehnstuhl wies, den auf ihren Wink ein bejahrter Diener in etwas verschossener Livree soeben aus dem Gartensaal brachte.

Die Unterhaltung stockte einen Augenblick, aber der Fremde, der sich in der maskenhaften Freiheit eines Unbekannten zu gefallen schien, wußte bald mit großer Gewandtheit das Gespräch zu ergreifen und zu beleben. Sie sprachen demnächst von der Räuberbande, die sich in diesem Frühjahr hier zwischen den Bergen eingenistet und durch ihre verwegenen Züge die ganze Gegend in Furcht und Schrecken setzte. Der Gast sagte lachend, das komme von der langen Friedenszeit, da spiele der Krieg, der sich sein Recht nicht nehmen lasse, auf seine eigne Hand im Lande. Der Mensch verlange immer etwas Außerordentliches, und wenn es das Entsetzlichste wäre, um nur dem unerträglichsten Übel, der Langeweile, zu entkommen. – Die neueste Zeitung lag soeben auf dem Tischchen vor ihnen, sie enthielt eine ungefähre Personbeschreibung des vermutlichen Hauptmannes der Bande. Der Fremde las sie mit großer Aufmerksamkeit, und es fiel der Dame auf, da er darauf um die Erlaubnis bat, das Blatt mitzunehmen, und es hastig einsteckte.

Währenddes war Frenel, der alte Diener, mit sichtbaren Zeichen von Bestürzung wieder hinzugetreten. Er schien aus dem Hofe zu kommen, und der Dame einen heimlichen Wink gebend, sprach er lange leise und lebhaft mit ihr im Hintergrunde des Saales. Er meldete, daß sich im Walde, unweit des Schlosses, unbekannte, bewaffnete Männer zu Pferde gezeigt, sie hielten ein lediges Roß, das schöner und kostbarer gezäumt als die andern. Der Waldhüter, der unbemerkt in ihrer Nähe gewesen, habe deutlich vernommen, wie sie von ihrem Herrn geredet, mehrmals ungeduldig nach dem Schlosse schauend, als ob sie jemanden von hier erwarteten. – Die alte Dame, bei dieser seltsamen Nachricht einen Augenblick nachsinnend, überflog unwillkürlich in Gedanken die Beschreibung des Räuberhauptmannes aus der Zeitung; er war als ein junger, schöner, wohlgewandter Mann geschildert – es fuhr ihr auf einmal wie ein Blitz durch die Seele, wie alles gar wohl auf ihren rätselhaften Gast bezogen werden konnte.

Indem sie so in großer Bewegung mit sich selber schnell beriet, wie sie in dieser sonderbaren Lage sich zu benehmen habe, schien der Fremde von alledem nichts zu bemerken. Er unterhielt sich heiter und angelegentlich mit dem Fräulein, während der Abend über dem wilden Garten schon immer tiefer hereindunkelte. Da fiel plötzlich ein Schuß unten im Walde. Die Dame trat entschlossen einige Schritte auf den Fremden zu. »Das sind meine Leute«, sagte dieser, rasch aufspringend. – »Ihre Leute?« – »Gewiß«, erwiderte er. – Da er aber auf einmal den Schreck der erbleichten Dame bemerkte, entschuldigte er sich abermals wegen dieser Unruhe, versprach, den Frevler ernstlich zu bestrafen und nahm sogleich Abschied, indem er, flüchtig seinen Namen nennend, noch um die Erlaubnis bat, wiederkommen zu dürfen. Aber niemand hörte oder antwortete ihm in der Verwirrung; so flog er den Schloßberg hinab. Der Abend tat noch einen roten, falschen Blick über die Bergkuppen; unten war schon alles finster und still, man hörte nur den Hufschlag von mehreren Rossen den Waldgrund entlang. Das Fräulein, das nun auch den entsetzlichen Verdacht vernommen, rief aufs tiefste erschrocken: »O Gott, o Gott, er kommt gewiß wieder!«

Wirklich konnte die Lage der verwitweten Marquise Astrenant – so hieß die Dame – gerechte Besorgnis erregen. Die Erinnerung an den alten Glanz und den verschwenderischen Aufwand ihres verstorbenen Gemahls war in der Gegend noch frisch genug, um die Anschläge des Raubgesindels auf das abgelegene Schloß zu lenken, und doch war sie in der Tat so verarmt, daß sie nicht daran denken konnte, in diesem Augenblick mit ihrer Tochter Leontine diese gefährliche Einsamkeit zu verlassen. In dieser Not fiel ihr ein, daß der Graf Gaston, wie sie von ihren Leuten gehört, soeben auf kurze Zeit auf einem seiner benachbarten Jagdschlösser angekommen war. Diesen glücklichen Umstand benutzend, stellte sie dem Grafen, obgleich sie ihn noch nicht persönlich kannte, schriftlich in wenigen Worten ihre Abgeschiedenheit und Gefahr vor und beschwor ihn, als Nachbar sie in ihrer hilflosen Lage zu beschützen. Mit diesem Briefe wurde noch denselben Abend ein reitender Bote nach dem Jagdschlosse gesandt.

So war die Nacht allen unter mancherlei Vorsichtsmaßregeln schlaflos vergangen. Schon am folgenden Morgen aber erhielten sie die Antwort: der Graf werde nicht ermangeln, ihren Wünschen nach Kräften zu entsprechen und womöglich heute noch selbst seine Aufwartung machen. Diese Zusage und das tröstliche Morgenlicht hatten alle Sorge gewendet. Sie schämten sich fast und lachten über die übertriebene Furcht und Besorgnis, womit die Wälder ringsumher im Dunkeln sie geschreckt. Und wie nach Gewittern oft ein heiterer Glanz über die Landschaft fliegt, so brachte auch hier der angekündigte Besuch des Grafen Gaston sehr bald das ganze stille Haus in eine ungewohnte, fröhliche Bewegung. Die gläsernen Kronleuchter, die so lustig funkelten, wurden sorgfältig geputzt, die verstaubten Tapeten ausgeklopft und Teppiche gelüftet, der Morgen glänzte durch die verbleichten, rotseidenen Gardinen seltsam auf dem getäfelten Boden der Zimmer, während draußen über dem sonnigen Rasenplatz vor dem Hause die Schwalben jauchzend hin und her schossen. Leontine erschien besonders fleißig, sie war aufgewachsen zwischen diesen Trümmern des früheren Glanzes, nun schien ihr alles so prächtig, weil es ins Morgenrot ihrer

Kindheit getaucht. Die Marquise lächelte schmerzlich, aber sie mochte die Freude der Tochter nicht stören.

Die Sonne stieg indes und senkte sich schon wieder nach den Tälern, und der Graf war zu ihrem Befremden noch immer nicht angekommen, noch hatte er den ganzen Tag über etwas von sich hören lassen. Sie mußten seinen Besuch für heute schon aufgeben, und als endlich der Abend von neuem die Wälder färbte, saßen beide Frauen, durch die Geschäftigkeit des Tages zerstreut und zuversichtlicher geworden, wie sonst wieder auf der steinernen Rampe vor dem Garten an ihrer Arbeit, als wäre eben nichts vorgefallen. Leontine, in vergeblicher Erwartung des Grafen, war geschmückt wie eine arme Braut, die nicht weiß, wie schön sie in ihrer Armut ist. Aber die Abendsonne blitzte über ihre frischen Augen und hüllte sie ganz in ihr schönstes goldnes Kleid, und ihr Reh sah von fern verwundert nach der prächtigen Herrin, es war, als hätt es alle seine Spielkameraden mit herbeigerufen, so neugierig wimmelten die Waldvögel im Garten und guckten durch die Zweige und schwatzten vergnügt untereinander. Vor dem Hause aber ging die Abendluft lind durch die Blumen unter ihnen. Leontine sah oft in Gedanken über ihre Arbeit ins Tal hinaus und sang:

> Überm Lande die Sterne
> Machen die Runde bei Nacht,
> Mein Schatz ist in der Ferne,
> Liegt am Feuer auf der Wacht.

Die Marquise sagte: »Das hast du von unserm alten Frenel, da er noch Soldat war; sollte man doch glauben, du hättest einen Offizier zum Liebsten.« Leontine lachte und sang weiter:

> Übers Feld bellen Hunde,
> Wenn der Mondschein erblich,
> Rauscht der Wald auf dem Grunde:
> Reiter, jetzt hüte dich!

»Ists denn schon so spät?« unterbrach sie sich selbst, »sie läuten ja schon die Abendglocken, der Wind kommt über den Wald her, wie schön das klingt aus der Ferne herüber.« Sie sang von neuem:

Um das Lager im Dunkeln
Jetzt schleichen sie sacht,
Die Gewehre schon funkeln -
So falsch ist die Nacht!

»Was steigt denn da für ein Rauch auf im Walde?« fragte hier die Mutter. – »Es wird wohl der Köhler sein«, erwiderte Leontine, aber sie sah doch gespannt hin und sang zögernd:

Ein Gesell durchs Gesteine
Geht sacht in ihrer Mitt,
Es rasseln ihm die Beine -
Hat einen leisen, leisen Tritt -

»Nein!« sprang sie auf, »das ist ein Brand, da schlägt ja die helle Flamme auf, horch, sie läuten die Sturmglocken drüben!«

Indem nun beide sich erhoben, hörten sie in derselben Richtung ein paarmal schießen, dann war alles wieder still. »Da haben gewiß die Nachbarn großes Jagen«, sagte die Marquise, »sie können nun einmal nicht fröhlich sein ohne Lärm.« Da sie aber jetzt das Schloßgesinde am Abhange des Gartenberges versammelt sah, in großer Aufregung untereinander redend und nach jener Gegend hinausschauend, rief sie hinab: Was es gebe? – »Blutige Köpfe!« hieß es zurück, der Waldwärter sei eben aus den Bergen gekommen, der Graf Gaston habe vor Tagesanbruch heimlich alle seine Bauern und Jäger bewaffnet und die Räuberbande aufgespürt und treibe sie von einem brennenden Schlupfwinkel zum andern durch den Wald, es gehe scharf her da drüben! – Da wandte sich Leontine, die bisher wie im Traume gestanden, plötzlich herum, sie sagte: Es sei schändlich und gottlos, die Schlafenden zu überfallen und Menschen zu hetzen wie die wilden Tiere! – Die Mutter sah sie erstaunt an. Aber sie hatte keine Zeit, dem sonderbaren Betragen der Tochter nachzudenken, denn der alte Frenel trat soeben voll Eifer aus dem Hause, er hatte hastig seine Büchse geladen und wollte mit hinunter. Die Marquise beschwor ihn, zum Schutze bei ihnen zu bleiben, wenn etwa einzelne versprengte Räuber hier vorüberschweiften, die andern sollten das Hoftor schließen, sich mit Beilen und Sensen versehen und den offenen Garten umstellen.

Leontine aber war indes schon in das obere Stockwerk gestiegen, die Fledermäuse in den wüsten Sälen schossen verstört aus den offenen Fenstern, sie schaute aus einem Erker angestrengt in die Waldgründe hinaus, als wollte sie durch die Wipfel sehen. Es dunkelte schon über den Tälern, die Schüsse schienen näher zu kommen, manchmal brachte der Wind einen wilden Schrei aus der Ferne herüber, vom Walde sah sie ein Reh von dem Lärm erschrocken unten über die Wiese fliegen. O wäre ich doch ein Mann! dachte sie tausendmal, dazwischen betete sie wieder still im Herzen vor der aufsteigenden Nacht, dann lehnte sie sich weit aus dem Fenster und winkte mit ihrem weißen Schnupftuch über die dunkeln Wälder, sie wußte selbst nicht, was sie tat.

Jetzt hörte sie, wie unten im Garten nach und nach mehrere Boten zurückkamen, die die Mutter auf Kundschaft ausgeschickt; sie konnte in der Stille jedes Wort vernehmen. Die Bande, hieß es, sei völlig geschlagen, gefangen oder zerstreut. Ein anderer erzählte von der außerordentlichen Kühnheit des Grafen Gaston, wie er, überall der erste voran, den Hauptmann selber aufs Korn genommen. Auf der Felsenkante im Walde seien sie endlich aneinander geraten, da habe der Graf ihn, immerfort fechtend, samt dem Pferde über den Abhang hinabgestürzt. Aber Unkraut verdirbt nicht, unten sich überkugelnd seien Roß und Reiter, wie die Katzen, wieder auf die Beine gekommen; nun jagten sie alle den Räuber hier nach dem Schlosse zu, aber er sei ganz umzingelt, er könne nicht mehr entwischen. Gott segne den tapfern Grafen! rief die Marquise bei diesem Berichte aus, er hat ritterlich sein Wort gelöst.

Leontine aber sah wieder unverwandt nach dem Walde, denn draußen hatte die wilde Jagd sich plötzlich gewendet, ein Schuß fiel ganz nah, darauf mehrere, immer näher und näher, man sah die einzelnen Schüsse blitzen im Dunkeln. Auf einmal glaubte sie einen Reiter in verzweifelter Flucht längs dem Saume des Waldes flimmern zu sehen, die Jäger des Grafen, eine andere Fährte einschlagend, schienen ihn nicht zu bemerken, er flog gerade nach dem Schlosse her. Da, in wachsender Todesangst sich plötzlich aufraffend, stürzt sie pfeilschnell über die steinernen Treppen durch das stille Haus hinab und unten an dem alten Walle durch eine geheime Pforte, den Riegel sprengend, ins Freie. Als sie aber am Fuß des Schloßberges atemlos anlangt, vor Ermattung fast in die Knie sinkend, kommt auch der Reiter schon durch die dunkelnde Luft daher – es war, wie sie geahnt, der Fremde von gestern, verstört, mit fliegenden Haaren, sein Pferd ganz von Schaum bedeckt.

»Was wollen Sie hier?« rief sie ihm schon von fern entgegen. – Er, bei ihrem Anblick stutzend, hielt schnell an, und sich vom Pferde schwingend erwiderte er höflich: er wolle, seinem Versprechen gemäß, sie und die Marquise noch einmal begrüßen. »Um Gottes willen, sind Sie rasend? heut, in dieser Stunde?« – Der Reiter entschuldigte sich, der Kampf sei ernster geworden und habe ihn länger aufgehalten, als er gedacht, es sei der einzige noch übrige Augenblick, er müsse sogleich wieder weiter. – »O Gott! ich weiß«, fiel Leontine ein. – »Sie wissen?« –

Leontine schauderte, da er, dicht vor ihr, sie auf einmal so durchdringend ansah. – »Sie bluten«, sagte sie dann erschrocken. – »Nur ein Streifschuß«, entgegnete er; »doch Sie haben recht«, fuhr er lächelnd fort, »es ziemt sich nicht, in diesem Zustande bei Damen Besuche abzustatten.« Aber Leontine hörte kaum mehr, was er sprach, sie stand in tiefen Gedanken. »Ich wüßte wohl einen verborgenen Ort für diese Nacht«, sagte sie darauf und leise, »wenn nur – nein, nein, es ist unmöglich! Das Schloß ist voll Leute, vielleicht kommt der Graf selbst noch.« – Und den Fremden in steigender höchster Angst fortdrängend, wies sie ihm einen abgelegenen Fußsteig, der führte zu einer Furt des Flusses, da solle er hinüber, dann den Pfad rechts einschlagen – »nur schnell, schnell«, flehte sie, »da kommen schon Leute zwischen den Bäumen, sie suchen« – »Wen?« fragte der Reiter, sich rasch umsehend. – »O mein Gott«, rief Leontine fast weinend, »Sie selbst, den unglücklichen Hauptmann!« – Der Fremde, bei diesen Worten plötzlich wie aus einem Traume erwachend, schlug schnell den Mantel zurück und nahm sie in beide Arme: »Kind, Kind, wie liebst du mich so schön! Das werde ich dir gedenken mein Leben lang, du sollst noch von dem Räuberhauptmann hören. – Jetzt drängt die Zeit. Grüß die Mutter oben, sag ihr, das Land sei frei, sie könne ohne Sorgen schlafen, leb wohl!« Noch vom Pferde aber bat er sie um ihr weißes Tuch, sie reicht es ihm zögernd; das wollte er um seine Wunde schlagen, da heilt es über Nacht. – So ritt er fort.

Jetzt bemerkte sie erst, daß ihr Handschuh blutig geworden von seinem Arm, sie verbarg ihn, heftig an allen Gliedern zitternd. Im Walde indes und droben im Schlosse gingen verworrene Stimmen, sie sah noch immer dem Reiter nach und atmete tief auf, als er endlich in der schirmenden Wildnis verschwunden. Dann setzte sie sich auf den Rasen, den Kopf in beide Hände gestützt, und weinte bitterlich.

Noch in derselben Nacht brach auch Graf Gaston von seinem Jagdschlosse wieder auf, wohin er nur erst vor wenigen Tagen mit dem Ruhme eines ausgezeichneten Offiziers aus fremdem Kriegsdienste zurückgekehrt, um sich in der Einsamkeit zu erholen. Aber der Ruf seiner Tapferkeit war ihm längst nach Paris vorangeeilt, und fast gleichzeitig mit der Bitte der Marquise um seinen Schutz vor den Räubern erhielt er den unerwarteten Befehl des Königs, sich unverzüglich an den Hof zu begeben, wo man bei den damaligen heimlichen Kriegsrüstungen seine Erfahrung benutzen wollte. So war es gekommen, daß er, um sein Wort gegen die besorgte Dame zu lösen, die Räuberjagd auf das gewaltsamste beschleunigt, dann aber keine Zeit mehr übrig hatte, bei der Marquise noch den versprochenen Besuch abzustatten.

In Paris zog er wie im Triumphe ein. Der frische Lorbeerkranz stand der hohen, schlanken Gestalt gar anmutig zu dem gebräunten Gesicht. Nun folgte ihm auch noch das vergrößernde Gerücht der Kühnheit, womit er soeben die lange vergeblich aufgesuchte Räuberbande wie im Fluge zwischen den Bergen vernichtet. Der König selbst hatte ihn ausgezeichnet empfangen, jedermann wollte ihn kennenlernen, und die Damen sahen scheu und neugierig durch die Fenstergardinen, wenn er im vollen Schmuck soldatischer Schönheit die Straßen hinabritt. – Unter ihnen aber zog nur eine seine Aufmerksamkeit auf sich, und diese hatte er bis jetzt noch nirgends erblickt.

Ganz Paris sprach damals von der jungen, reichen Gräfin Diana, einer amazonenhaften, spröden Schönheit mit rabenschwarzem Haar und dunkeln Augen. Einige nannten sie ein prächtiges Gewitter, das über die Stadt fortzöge, unbekümmert, ob und wo es zünde; andere verglichen sie mit einer zauberischen Sommernacht, die, alles verlockend und verwirrend, über seltsame Abgründe scheine. So fremd und märchenhaft erschien diese wilde Jungfräulichkeit an dem sittenlosen Hofe.

Über ihr früheres Leben konnte Graf Gaston nur wenig erfahren. Schon als Kind elternlos und auf dem abgelegenen Schlosse ihres Vormunds ganz männlich erzogen, soll sie diesen in allen Reiter- und Jagdkünsten sehr bald übertroffen haben. Da verliebte sich, so hieß es, der unkluge Vormund sterblich in das wunderbare Mädchen, dem schon längst der benachbarte junge Graf Olivier mit aller schüchternen Schweigsamkeit der ersten Liebe heimlich zugetan war. Um den Vormund zu vermeiden, hatte er, wie von einem Spazierritt oder vom Jagen zurückkehrend, sich fast jeden Abend, wenn im Schlosse schon alles schlief, unter ihren Fenstern eingefunden, wo sie in der Stille der Nacht, da sie seine zärtlichen Blicke nicht verstand, sorglos und fröhlich mit ihm zu plaudern pflegte. – Jetzt aber, da er eines Abends spät wiederkommt, trifft er zu seinem Erstaunen die Gräfin reisefertig draußen im Garten. Sie verlangt ein Pferd von ihm, sie könne mit dem Vormund nicht länger zusammen wohnen. Überrascht und einen Augenblick ungemessenen Hoffnungen Raum gebend, bietet er ihr sein eigenes Roß an und schwingt sich freudig auf das seines Dieners, der unter den hohen Bäumen am Garten hielt. So reiten sie lange schweigend durch den Wald. Da öffnet ihm die schöne Einsamkeit das Herz, er spricht zum ersten Mal glühend von seiner Liebe zu ihr, während sie eben an einem tiefen Felsenriß dahinziehn. Diana, bei seinen Worten erschrocken auffahrend, sieht ihn verwundert von der Seite an, drauf, nach kurzem Besinnen plötzlich ihr Pferd herumwerfend, setzt sie grauenhaft über die entsetzliche Kluft – sein störrisches Pferd bäumt und sträubt sich, er kann nicht nach. Drüben aber hört er sie lachen, und eh sie im Walde verschwunden, blitzt noch einmal die ganze Gestalt seltsam im Mondlicht auf; es war ihm, als hätt er eine Hexe erblickt. – So kam sie mitten in der Nacht ohne Begleitung auf dem Landhaus ihrer Tante bei Paris an. Olivier aber hatte wenige Tage darauf seine Güter verlassen und fiel im Auslande im Kriege; man sagt, er habe sich selbst in den Tod gestürzt.

Der Tor! dachte Gaston, wer schwindelig ist, jage nicht Gemsen! Es war ihm recht wie Alpenluft bei der Erzählung von der schönen Gräfin, und er freute sich auf das bevorstehende Hoffest, wo er ihr endlich einmal zu begegnen hoffte.

Der Ball bei Hofe war halb schon verrauscht, als Gaston, den Besuche, Freunde und alte Erinnerungen auf jedem Schritte aufgehalten hatten, in seinen Domino gewickelt, die Treppen des königlichen Schlosses hinaufeilte. Betäubt, geblendet trat er mitten aus der Nacht in das erschreckende Gewirr der Masken, die sich gespenstisch schrillend kreuzten, durchblitzt vom grünen Gefunkel der Kronleuchter und in den Spiegelwänden tausendfach verdoppelt, wie wenn das heidnische Gewimmel von den gemalten Decken der Gemächer plötzlich lebendig geworden und herabgestiegen wäre.

Als er, sich mühsam durchdrängend, endlich den großen Saal erreicht, fiel eben die Musik majestätisch in ein Menuett ein, die tanzfertigen Paare, einander an den Fingerspitzen haltend, verneigten sich feierlich gegen den Eingang, als wollten sie den Eintretenden bewillkommnen, der sich nicht enthalten konnte, die Begrüßung mit einem tiefen Kompliment zu erwidern. Da schwang der Kapellmeister auf dem goldverschnörkelten Chor seine Rolle wieder: ein neuer Akkord, und wie auf einen Zauberschlag mit den taftenen Gewändern auseinanderrauschend, auf den Zehen sich zierlich wendend und wieder verschlingend, wogt es auf einmal melodisch den ganzen, kerzenhellen Saal entlang.

Gaston aber sah wie ein Falk durch die duftende Tanzwolke, denn sooft sie sich teilte, erblickte er im Hintergrunde mitten zwischen den fliegenden Schößen und Reifröcken, gleich einer Landschaft durch Nebelrisse, eine prächtige Zigeunerfürstin, hoch, schlank, mit leuchtendem Schmuck, die Locken aufgeringelt über die glänzenden Schultern.

Und wie er noch so hinstarrend stand, kam sie selber quer durch den Saal und ein Kometenschweif galanter Masken hinter ihr, die ihr eifrig den Hof zu machen schienen. Sie war in seltsamer Geschäftigkeit. Aus ihrem Handkörbchen ein Band aufrollend, schwang sie es plötzlich wie einen Regenbogen über die Verliebten, jeder griff und haschte graziös darnach. Drauf hier und dort durch den Haufen sich schlingend und alle wie mit Zaubersprüchen rasch umgehend, das eine Ende des Bandes fest in der Hand, schlang sies behend dem einen um den Hals, dem andern um Arm und Füße, immer schneller, dichter und enger. Die überraschten Liebhaber, Ritter, Chinesen und weise Ägyptier, als sie die unverhoffte Verwickelung gewahr wurden, wollten nun schnell auseinander, aber je zierlicher sie sich wanden und reckten, je unauflöslicher verwirrte sich der Knäuel; auf dem glatten Boden ausglitschend, verloren sie Larven, Helme und phrygische Mützen, daß die Haarbeutel zum Vorschein kamen und der Puder umherstob, das Menuett selbst kam aus seiner Balance, man hörte im Saale ein kurzes, anständiges Lachen – die Zigeunerin aber war unterdes in dem Getümmel verschlüpft.

Gaston aber, eh sich die andern besannen, flog ihr schon nach, aus dem Saal, durch mehrere anstoßende Zimmer. Dort in den Spiegeln ihn hinter sich gewahrend, wandte sie sich einmal nach ihm herum, daß er vor den Augen erschrak, die aus der Larve funkelten. Dann sah er sie durch den Gartensaal schweifen, jetzt trat sie aus der Tür auf die Terrasse und schien plötzlich draußen in der Nacht zu verschwinden, wie ein Elfe, der nur neckend zum flüchtigen Besuch gekommen.

Gaston wollte dennoch seine Jagd nicht aufgeben, wurde aber durch einen ungewöhnlichen Aufruhr der Gesellschaft aufgehalten. Die Masken traten rasch auseinander, ehrfurchtsvoll eine Gasse bildend; der König mit seiner vertrautesten Umgebung nahte, nach allen Seiten sprechend und lachend, unmaskiert in bürgerlicher Kleidung, ein schöner Jüngling voll lebensfrohen Mutwillens, wie damals Ludwig der Fünfzehnte war. »Hütet Euch, Gaston« – sagte er, diesen sogleich an Größe und Haltung erkennend –, »dies ist eine gefährliche Räubernacht, es wird mit Augen um Herzen gefochten.«

Alle Blicke waren auf den Grafen gerichtet, der nun, die Larve abnehmend, dem König folgen mußte. Sie traten, um sich zu erfrischen, vor den Gartensaal hinaus. Es war eine schwüle Sommernacht, der Himmel halb verdunkelt von finstern Wolken, aus denen sich die weißen Statuen fast gespenstisch abhoben, tiefer im Garten hörte man eine Nachtigall schlagen, zuweilen blitzte es von fern über den hohen, schwarzen Bäumen.

Der König, indem er sich tanzmüde und gähnend unter den Orangenbäumen auf der Terrasse niederließ, wollte zur Unterhaltung von Gaston irgendein Abenteuer seiner Fahrten hören. Diesem, der noch immer zerstreut und unruhig in den Garten schaute, wo die Zigeunerin verschwunden, war bei dem plötzlichen Anblick der stillen Nacht soeben ein seltsamer Vorfall wieder ganz lebendig geworden, und ohne sich lange zu besinnen, erzählte er, wie er auf seiner jetzigen Reise hierher eine alte, verfallene Burg, in der es der Sage nach spuken sollte, aus Neugier besucht und, da es gerade schwüle Mittagszeit, unter den Trümmern im hohen Grase rastend eingeschlummert.

»Gute Nacht, gute Nacht!« unterbrach ihn der König, »das ist ein schläfriges Abenteuer.«

»Es wird gleich wieder munter, Sire«, entgegnete Gaston, »denn auf einmal, mitten in dieser Einsamkeit, fiel ein Schuß ganz in der Nähe, traumtrunken seh ich ein Reh getroffen vor mir in den Abgrund stürzen, und wie ich erschrocken aufspringe, steht über mir zwischen den wilden Nelken im zerbrochenen Fensterbogen der Burg eine unbekannte, wunderschöne Frauengestalt auf ihr Gewehr gestützt, die wandte sich nach mir, – den Blick vergesse ich nimmer, gleichwie das Wetterleuchten überm Garten dort!«

Der König lachte: das sei eine Waldfrau gewesen mit dem Zauberblick, von dem die Jäger sprechen, die hab es ihm angetan.

»Und Sie setzten ihr nicht nach?« riefen die andern.

»Wohl tat ich das«, erwiderte Gaston, »aber ich konnte so bald über das Gemäuer und Geröll nicht den Eingang finden, und als ich endlich in die Hallen eintrat, war alles still und kühl, nur ein wilder Apfelbaum blühte im leeren Hofe, die Bienen summten drin, kein Vogel sang den weiten Wald entlang – Herr Gott, das ist sie!«

»Wie, unsere Amazone?« rief der König überrascht herumgewendet.

Die Zigeunerin, ihre Larve am Gürtel und vom Streiflicht der Fenster getroffen, trat aus einer der Alleen zu ihnen auf die Terrasse. Gaston war ganz verwirrt, da sie ihm gleich darauf als die Gräfin Diana vorgestellt wurde.

Sie aber, als sie seinen Namen nennen hörte, der so tapfern Klang hatte, sah ihn mit großer, fast scheuer Aufmerksamkeit an. »Wenn ich nicht irre«, sagte sie, »so traf ich schon letzthin auf der alten Burg –«

»Ein edles Wild mit Zauberblicken«, fiel rasch der König ein. – »Also auch schon lahm!« erwiderte sie halb für sich und wandte plötzlich dem Grafen verächtlich den Rücken. – Die Umstehenden blickten ihn schadenfroh an, Gaston aber lachte wild und kurz auf und verschwor sich innerlich, die Stolze zu demütigen, und sollt er auf den Zinnen von Notre-Dame mit ihr den Tanz wagen!

Über des Königs Stirn aber flog eine leichte Röte, denn er hegte seit Gastons Anwesenheit in Paris insgeheim den Wunsch, ihn mit Diana zu verbinden. Etwas verstimmt, um nur die plötzlich eingetretene peinliche Stille zu unterbrechen, fragte er Diana: ob sie denn so allein im Garten nicht fürchte, daß sie entführt werde? – Sie lachte: der König habe alles zahm gemacht, sie hätte nur Grillen gefunden in den Hecken, die zirpten lieblich, dort wie hier. – Gaston meinte: die Gräfin habe ganz recht, solche Grillenhaftigkeit sei nicht gefährlich, und mache auch manche noch so weite Sprünge, jeder wackere Bursch überhole sie leicht. – Diana schüttelte die Locken aus der Stirn; es verdroß sie doch gerade von ihm, daß er ihr trotzte. Und da einer der Kammerherren, um wieder einzulenken, soeben zirpte: selbst die Heimchen brächten ihr Ständchen, wenn sie träumend durch den nächtlichen Garten ging, erwiderte sie rasch in heimlicher Aufregung: »Wahrhaftig, mir träumte, der Tag mache der Nacht den Hof, er duftete nach Jasmin und Lavendel, blond, artig, lau, etwas lispelnd, mit kirschblütenen Manschetten und Hirtenflöte, ein guter, langweiliger Tag.« – Man lachte, keiner bezog es auf sich; ein Vicomte, als Troubadour die Zither im Arme, sagte zierlich: »Aber die keusche Nacht wandelte unbekümmert fort, ihren Elfenreihen ätherisch dahinschwebend.« – »Nein«, entgegnete Diana, indem sie ihm in ihrer wunderlichen Laune die Zither nahm und, sich auf das Marmorgeländer der Terrasse setzend, zur Antwort sang:

Sie steckt mit der Abendröte
In Flammen rings das Land,
Und hat samt Manschetten und Flöte
Den verliebten Tag verbrannt.

Und als nun verglommen die Gründe:
Sie stieg auf die stillen Höhn,
Wie war da rings um die Schlünde
Die Welt so groß und schön!

Waldkönig zog durch die Wälder
Und stieß ins Horn vor Lust,
Da klang über die stillen Felder,
Wovon der Tag nichts gewußt.

Und wer mich wollt erwerben,
Ein Jäger müßts sein zu Roß,
Und müßt auf Leben und Sterben
Entführen mich auf sein Schloß!

Hier gab sie lachend die Zither zurück. Gaston aber bei der plötzlichen Stille erwachte wie aus tiefen Gedanken. »Und wenn es wirklich einer wagte?« sagte er rasch in einem seltsamen Tone, daß es allen auffiel. – »Wohlan, es gilt«, fiel da der junge König ein, »ich trete der Herausforderung der Gräfin als Zeuge und Kampfrichter bei, ihr alle habts gehört, welchen Preis sie dem Entführer ausgesetzt.«

Diana stand einen Augenblick überrascht. »Und verspielt der Vermessene?« fragte sie dann ernst. »So wird er tüchtig ausgelacht«, erwiderte der König, »wie ein Nachtwandler, der bei Mondschein verwegen unternimmt, wovor ihm bei Tage graut.« Mit diesen Worten erhob er sich, und im Vorbeigehen dem Grafen noch leise zuflüsternd: »Wenn ich nicht der König wär, jetzt möcht ich Gaston sein!« wandte er sich, wie über einen herrlich gelungenen Anschlag lebhaft die Hände reibend, durch den Gartensaal in die innern Gemächer. Diana aber schien anderes bei sich zu beschließen, sie folgte zürnend.

Jetzt umringten die Hofleute von allen Seiten den Grafen, ihm zu dem glänzenden Abenteuer, wie einem verzauberten Prinzen und Feenbräutigam, hämisch Glück wünschend. Die übrige Gesellschaft unterdes, da der König sich zurückgezogen, strömte schon eilig nach den Türen, die Masken hatten ihre Larven abgenommen und zeigten überwachte, nüchterne Gesichter, durch die Säle zwischen den wenigen noch wankenden Gestalten strich die Langeweile unsichtbar wie ein böser Luftzug.

Gaston blieb nachdenklich am offenen Fenster, bis alles zerstoben. Er sah sich hier unerwartet durch leichtsinnige Reden, die anfänglich nur ein artiges Spiel schienen, plötzlich seltsam und unauflöslich verwickelt. Es war ihm wie eine prächtige Nacht, vor der eine marmorkalte Sphinx lag, er mußte ihr Rätsel lösen, oder sie tötete ihn.

Währenddes war Diana schon in ihrem Schlafgemache angelangt. Als sie in dem phantastischen Ballschmuck eintrat, erstaunte die Kammerjungfer von neuem und rief fast erschrocken aus: »wie sie so wunderschön!« Die Gräfin verwies es ihr unwillig, das sei ein langweiliges Unglück. Und da das Mädchen drauf ihr Befremden äußerte, daß sie durch solche Härte so viele herrliche Kavaliere in Gefahr und Verzweiflung stürze, erwiderte Diana streng: »Wer nimmt sich meiner an, wenn diese Kavaliere bei Tag und Nacht mit Listen und Künsten bemüht sind, mich um meine Freiheit zu betrügen?« -

Draußen aber rollten indes die Wagen noch immer fort, jetzt flog das rote Licht einer Fackel über die Scheiben, in dem wirren Widerschein der Windlichter unten erblickte sie noch einmal flüchtig den Gaston, wie er eben sein Pferd bestieg, die Funken stoben hinter den Hufen, sie sah ihm gedankenvoll nach, bis er in der dunkeln Straße verschwunden. Dann, vor den Wandspiegel tretend, löste sie die goldne Schlange aus dem Haar, die schwarzen Locken rollten tief über die Schultern hinab, ihr schauerte vor der eigenen Schönheit.

Kurze Zeit nach diesem Feste war der Hof fern von Paris zum Jagen versammelt. Da ging das Rufen der Jäger, Hundegebell und Waldhornsklang wie ein melodischer Sturmwind durch die stillen Täler, breite ausgehauene Alleen zogen sich geradlinig nach allen Richtungen hin, jede an ihrem Ende ein Schloß oder einen Kirchturm in weiter Ferne zeigend. Jetzt brachte die Luft den verworrenen Schall immer deutlicher herüber, immer näher und häufiger sah man geschmückte Reiter im Grün aufblitzen, plötzlich brach ein Hirsch, das Geweih zurückgelegt, aus dem Dickicht in weiten Sätzen quer über eine der Alleen und ein Reiter leuchtend hintendrein, mit hohen, steifen Jagdstiefeln, einen kleinen, dreieckigen Tressenhut über den gepuderten Locken, in reichgesticktem grünem Rock, dessen goldbordierte Schöße weit im Winde flogen – es war der junge König. – »Das ist heute gut Jagdwetter, man muß es rasch benutzen!« rief er flüchtig zurückgewandt zu Gaston herüber, der im Gefolge ritt. Gaston erschrak, er wußte wohl, was der König meinte.

Diana aber fehlte im Zuge, sie war zuletzt auf einer der entfernteren Waldhöhen gesehen worden. Des Treibens müde und ohne jemandem von ihrem Vorhaben zu sagen, hatte sie sich mitten aus dem Getümmel nach einem nahe gelegenen, ihr gehörigen Jagdschloß gewendet; denn sie kam sich selber als das Wild vor auf dieser Jagd, auf das sie alle zielten. Es war das Schloß, wo sie als Kind gelebt, sie hatte es lange nicht mehr besucht. Die Nacht war schon angebrochen, als sie anlangte, niemand erwartete sie dort, alle Fenster waren dunkel im ganzen Hause, als ständ es träumend mit geschlossenen Augen. Und da endlich der erstaunte Schloßwart, mit einem Windlicht herbeigeeilt, die alte, schwere Tür öffnete, gab es einen weiten Schall durch den öden Bau, draußen schlug soeben die Uhr vom Turme, als wollte sie mit dem wohlbekannten Klange grüßen.

Diana, fast betroffen oben im Saale umherblickend, öffnete rasch ein Fenster, da rauschten von allen Seiten die Wälder über den stillen Garten herauf, daß ihr das Herz wuchs. Mein Gott, dachte sie, wo bin ich denn so lange gewesen! O wunderschöne Einsamkeit, wie bist du kühl und weit und ernst und versenkst die Welt und baust dir in den

Wolken drüber Schlösser kühn wie auf hohen Alpen. Ich wollt, ich wäre im Gebirg, ich stieg am liebsten auf die höchsten Gipfel, wo ihnen allen schwindelte, nachzukommen – ich tus auch noch, wer weiß wie bald!

Unterdes war das Nötigste zu ihrer Aufnahme eingerichtet, jetzt wurde nach und nach auch im Schlosse alles wieder still, sie aber konnte lange nicht einschlafen, denn die Nacht war so schwül und in den Fliederbüschen unter den Fenstern schlugen die Nachtigallen, und das Wetter leuchtete immerfort von fern über dem dunkeln Garten.

Als Diana am folgenden Morgen erwachte, hörte sie draußen eine kindische Stimme lieblich singen. Sie trat rasch ans Fenster. Es war noch alles einsam unten, nur des Schloßwarts kleines Töchterlein ging schon geputzt den stillen Garten entlang, singend, mit langem blondem Haar, wie ein Engel, den der Morgen auf seinem nächtlichen Spielplatz überrascht. Bei diesem Anblick flog eine plötzliche Erinnerung durch ihre Seele, wie einzelne Klänge eines verlorenen Liedes, es hielt ihr fast den Atem an, sie bedeckte die Augen mit beiden Händen und sann und sann, auf einmal rief sie freudig: »Leontine!«

Da sprang sie schnell auf, es fiel ihr ein, daß die Marquise Astrenant mit ihrer Tochter ja nur wenige Meilen von hier wohnte. Sie setzte sich gleich hin und schrieb an Leontine. Sie erinnerte sie an die schöne Morgenstille ihrer gemeinschaftlichen Jugendzeit, wo sie immer die kleine Elfe genannt wurde wegen ihren langen, blonden Locken, wie sie da in diesem Garten hier als Kinder wild und fröhlich miteinander gespielt und seitdem eines das andere nicht wiedergesehen. Sie werde sie auch nicht mehr schlagen oder im Sturm auf dem Flusse unterm Schlosse mit ihr herumfahren wie damals. Sie solle nur eilig herüberkommen, so wollten sie wieder einmal ein paar Tage lang zusammen sich ins Grüne tauchen und nach der großgewordenen Welt draußen nichts fragen. – Diese Aussicht hatte sie lebhaft bewegt. Sie klingelte und schickte noch in derselben Stunde einen Boten mit dem Brief nach dem Schlosse der Marquise ab.

Darauf ging sie in den Garten hinab. Sie hätte ihn beinahe nicht wiedererkannt, so verwildert war alles, die Hecken unbeschnitten, die Gänge voll Gras, weiterhin nur glühten noch einige Päonien verloren im tiefen Schatten. Da fiel ihr ein Lied dabei ein:

Kaiserkron und Päonien rot,
Die müssen verzaubert sein,
Denn Vater und Mutter sind lange tot,
Was blühn sie hier so allein?

Jetzt sah sie sich nach allen Seiten um, sie kam sich selbst wie verzaubert vor zwischen diesen stillen Zirkeln von Buchsbaum und Spalieren. Die Luft war noch immer schwül, in der Ferne standen Gewitter, dazwischen stach die Sonne heiß, von Zeit zu Zeit glitzerte der Fluß, der unten am Garten vorüberging, heimlich durch die Gebüsche herauf. Es war ihr, als müßte ihr heut was Seltsames begegnen, und die stumme Gegend mit ihren fremden Blicken wollte sie warnen. Sie sang das Lied weiter:

Der Springbrunnen plaudert noch immerfort
Von der alten, schönen Zeit,
Eine Frau sitzt eingeschlafen dort,
Ihre Locken bedecken ihr Kleid.

Sie hat eine Laute in der Hand,
Als ob sie im Schlafe spricht,
Mir ist, als hätt ich sie sonst gekannt -
Still, geh vorbei und weck sie nicht!

Und wenn es dunkelt das Tal entlang,
Streift sie die Saiten sacht,
Da gibts einen wunderbaren Klang
Durch den Garten die ganze Nacht.

Ich weckte sie doch, sagte sie, wenn ich sie so im Garten fände, und spräch mit ihr.

Unterdes aber waren die Wolken von allen Seiten rasch emporgestiegen, es donnerte immer heftiger, die Bäume im Garten neigten sich schon vor dem voranfliegenden Gewitterwinde. Die schwülen Traumblüten schnell abschüttelnd, blickte sie freudig in das Wetter. Da gewahrte sie erst dicht am Abhang den alten Lindenbaum wieder, auf dem sie als Kind so oft gesessen und vom Wipfel die fernen weißen Schlösser weit in der Runde gezählt. Er war wieder in voller Blüte, auch die Bank stand noch darunter, deren künstlich verflochtene Lehne fast bis an die ersten Äste reichte. Sie stieg rasch hinauf in die grüne Dämmerung, der Wind bog die Zweige auseinander. Da rollte sich plötzlich rings unter ihr das verdunkelte Land auf, der Strom, wie gejagt von den Blitzen, schoß pfeilschnell daher, manchmal klangen von fern die Glocken aus den Dörfern, alle Vögel schwiegen, nur die weißen Möwen über ihr stürzten sich jauchzend in die unermeßliche Freiheit – sie ließ vor Lust ihr Tuch im Sturme mit hinausflattern.

Auf einmal aber zog sie es erschrocken ein. Sie hatte einen fremden Jäger im Garten erblickt. Er schlich am Rande der Hecken hin; bald sachte vorgebogen, bald wieder verdeckt von den Sträuchern, keck und doch vorsichtig, schien er alles ringsumher genau zu beobachten. Sie hielt den Atem an und sah immerfort unverwandt hin, wie er, durch die Stille kühn gemacht, nun hinter dem Gebüsch immer näher und näher kam; jetzt, schon dicht unter dem Baume, trat er plötzlich hervor sie konnte sein Gesicht deutlich erkennen. In demselben Augenblick aber hörte er eine Tür gehen im Schlosse und war schnell im Grünen verschwunden.

Diana aber, da alles wieder still geworden, glitt leise vom Baume; darauf, ohne sich umzusehen, stürzte sie durch den einsamen Garten die leeren Gänge entlang nach dem Schlosse, die eichene Tür hinter sich zuwerfend, als käme das Gewitter hinter ihr, das nun in aller furchtbaren Herrlichkeit über den Garten ging.

Sie achtete aber wenig darauf. In großer Aufregung im Saale auf und nieder gehend, schien sie einem Anschlage nachzusinnen. Manchmal trat sie wieder ans Fenster und blickte in den Garten hinab. Da sich aber unten nichts rührte als die Bäume im Sturm, nahm sie ein Paar Pistolen von der Wand, die sie sorgfältig lud; dann setzte sie sich an den goldverzierten Marmortisch und schrieb eilig mehrere Briefe. Und als das Wetter draußen kaum noch gebrochen, wurden im Hofe gesattelte Pferde aus dem Stalle geführt, und bald sah man reitende Boten nach allen Richtungen davonfliegen.

Gleich darauf aber rief sie ihr ganzes Hausgesinde zusammen. Sie mußten schnell herbeischaffen, was die Vorräte vermochten, Wild, Früchte, Wein und Geflügel. Einer der Jäger, dessen Vater einst Küchenmeister gewesen, verstand sich noch am besten unter ihnen auf den guten Geschmack und mußte, zu allgemeinem Gelächter, eine weiße Schürze vorbinden und den Kochlöffel statt des Hirschfängers führen. Bald loderte ein helles Feuer im Kellergeschoß, die halbverrosteten Bratspieße drehten sich knarrend in der alten, verödeten Küche, überall war ein lustiges Plaudern und Getümmel. Alle guten Stühle und Kanapees aber ließ die Gräfin oben in den großen Saal zusammentragen, Spieltische wurden zurechtgerückt und in der Mitte des Saales eine lange Tafel gedeckt. Die feierlichen Anstalten hatten fast etwas Grauenhaftes in dieser Einsamkeit, als sollten die Ahnenbilder, die mit ihren Kommandostäben ernst von den Wänden schauten, sich zu Tische setzen, denn niemand wußte sonst, wer die Gäste sein sollten.

So war in seltsamer Unruhe der Abend gekommen und das Gewitter lange vorbei, als Diana allein mit ihrer Kammerjungfer unten in das Gartenzimmer trat, die sich beim Hereintreten rasch und verstohlen nach allen Seiten umsah. Sie hatte, ohne zu wissen zu welchem Zweck, das schöne Kleid anziehen müssen, das die Gräfin heute getragen, das hinderte sie, es war überall zu knapp und zu lang. Sie ging vor den Spiegel, als wollte sie sichs zurechtrücken, ihre Blicke aber schweiften seitwärts durchs Fenster, und als Diana sich einmal wandte, benutzte sies schnell und schien zornig jemanden in den Garten hinauszuwinken. Die Gräfin, sie an ihre Verabredung erinnernd, hieß sie vom Fenster wegtreten, ordnete rasch noch die Locken des Mädchens und setzte ihr ihren eigenen Jagdhut auf. Dann, die Verkleidete von allen Seiten zufrieden musternd, schärfte sie ihr nochmals ein, sich in diesem Zimmer still zu verhalten und nicht in den Garten zu gehen, bis sie draußen dreimal leise in die Hände klatschen höre, denn es dunkele schon und die Nacht habe wilde Augen. – »Wo?«, rief das ganz zerstreute Mädchen heftig erschrocken. Aber Diana, eilig wie sie war, bemerkte es nicht mehr; heftig einen Jägermantel umwerfend, der über dem Stuhle lag, und einen Männerhut tief in die Augen drückend, flog sie in den dämmernden Garten hinaus.

Kaum aber war sie verschwunden, so sprang die Kammerjungfer geschwind ans Fenster. »Aber, Robert, bist du denn ganz toll!« rief sie einem fremden Jäger entgegen, der schon längst draußen im Gebüsch steckte und nun rasch hinzutrat. – »I Gott bewahre, hast du mich doch erschreckt!« entgegnete dieser, sie erstaunt vom Kopf bis zu den Füßen betrachtend, das ist ja ganz wie deine Gräfin! – Das Mädchen aber nannte ihn einen Unverschämten, daß er sie hier auf dem Lande besuche; wenn die Gräfin ihn sähe, sei es um ihren Dienst geschehen, er solle auf der Stelle wieder fort. »Nicht eher«, erwiderte der eifersüchtige Liebhaber, »bis ich weiß, wer der Mann war, der soeben von dir ging.« – Da lachte sie ihn tüchtig aus, er sei ein rechter Jäger, der auf dem Anstand das Wild verwechsele, es sei ja die Gräfin selber gewesen. »So?« – sagte Robert sehr überrascht und einen Augenblick in Nachsinnen versunken. Dann plötzlich mit leuchtenden Blicken fragte er hastig, warum denn die Gräfin sich verkleidet, wohin sie ginge, ob sie diesen Abend in dem Mantel bleibe? Aber das ungeduldige Mädchen, in wachsender Furcht, drängte ihn statt aller Antwort schon von der Schwelle über die Stufen hinab. Er gab ihr noch schnell einen Kuß, dann sah sie ihn freudig über Beete und Sträucher fortspringen.

Als sie wieder allein war, fiel ihr erst die seltsame Hast und Neugierde des Jägers aufs Herz, es überflog sie eine große Angst, daß sie in der Verwirrung die Verkleidung der Gräfin ausgeplaudert. Auch schreckte sie nun in dieser Stille die aufsteigende Nacht im Garten, es war ihr, als blickten wirklich überall wilde Augen aus dem Dunkel auf sie, manchmal glaubte sie gar Stimmen in der Ferne zu hören. Sie konnte durchaus nicht erraten, was es geben sollte, und verwünschte tausendmal ihre Liebschaften und die unbegreiflichen Einfälle der Gräfin und das ganze dumme Landleben mit seiner spukhaften Einsamkeit.

Ein tiefes Schweigen bedeckte nun schon alle Gründe, nur fern im Garten war noch ein heimlich Knistern und Wispern überall zwischen den Büschen, als zög eine Zwerghochzeit unsichtbar über die stillen Beete hin, von Zeit zu Zeit funkelte es aus den Hecken herüber wie Waffen oder Schmuck. Dann hörte man von der andern Seite eine Zither anschlagen, und eine schöne Männerstimme sang:

Hörst du die Gründe rufen
In Träumen halb verwacht?
Oh, von des Schlosses Stufen
Steig nieder in die Nacht! -

Drauf alles wieder still, nur eine Nachtigall schlug in dem blühenden Lindenbaum am Abhange. Auf einmal raschelt was, eine schlanke Gestalt schlüpft droben aus dem Gebüsch. Es war Diana, in ihren Jägermantel dicht verhüllt, die über den Rasen nach dem Schlosse ging. Tiefer im Garten sang es von neuem:

> Die Nachtigallen schlagen,
> Der Garten rauschet sacht,
> Es will dir Wunder sagen
> Die wunderbare Nacht.

Jetzt stand Diana vor der Tür des Gartenzimmers und klatschte dreimal leise in die Hand. In demselben Augenblick aber sieht sie auch schon zwei dunkle Gestalten zwischen den Bäumen vorsichtig hervortreten. – »Bist du es, Robert? und wo ist sie?« flüstert der eine dem andern leise zu.

Sie zog sich tiefer in den Garten zurück. Da sah sie, wie die Kammerjungfer auf das verabredete Zeichen oben aus dem Hause getreten, die eine Gestalt schien sich ihr zu nähern. – Diana triumphierte schon im Herzen, als jetzt plötzlich der andere gerade auf ihren Versteck losschritt. Bei dieser unerwarteten Wendung flog sie erschrocken über den Rasenplatz den Gartenberg hinab, seitwärts sah sie den Fremden bei ihrem Anblick rasch durch die Hecken brechen, als wollt er ihr den Vorsprung abgewinnen, sie verdoppelte ihre Eile, schon glaubte sie unten Bekannte zwischen den Bäumen zu erblicken, jetzt trat sie atemlos am Fuß des Berges aus dem Garten, zu gleicher Zeit aber war auch der Fremde angelangt, und vor ihr stand Graf Gaston.

Hut und Mantel waren ihr im Gebüsch entfallen, Gaston, rasch die Zither wegwerfend, blickte ihr lächelnd in die Augen. – »Ihr seid der kühnste Freier, den ich jemals sah«, sagte sie nach einem Weilchen finster. Gaston küßte feurig ihre Hand, die er nicht wieder losließ. Vor ihnen aber, vom Gesträuch halb verdeckt, stand ein leichter Wagen mit vier Pferden, die Kutscher in den Sätteln, die Pferde schnaubend scharrend, alles wie ein Pfeil auf gespanntem Bogen, der eben losschnellen will.

Indem aber, wie Gaston den Kutschern winkend und ihr ehrerbietig den Arm reichend, sie in den Wagen heben will, sieht er, daß sie, einige Schritte zurückgetreten, mit einem Pistol nach ihm zielt. Er stutzt, sie aber lacht und feuert das Pistol in die Luft. Da, bei dem Knall, wie ein Schwarm verstörter Dohlen, brechen plötzlich seitwärts aus allen Hecken Gestalten mit Haarbeuteln, Staubmänteln und gezückten

Stahldegen. Gaston erkennt sogleich mit Erstaunen die alten Gesichter aus der Residenz, alles jubelfröhlich, siegesgewiß.

»Fahrt zu!« ruft er da, ohne sich zu bedenken, den Kutschern zu, die nun, ihre Peitschen schwingend, gerade in den glänzenden Schwarm hineinjagen, der sogleich von allen Seiten lachend den Wagen umringt, um die vermeintlich Entführte daraus zu erlösen. Gaston und Diana aber standen währenddes dicht am Bergstrom, der unter dem Garten vorüberschoß, ein Kahn lag dort am Ufer angebunden. Der Graf, eh Diana sich besinnt, schwingt sie hoch auf dem Arm in den Nachen, zerhaut mit seinem Hirschfänger das Tau und lenkt rasch mitten ins Fahrwasser; so flogen sie, bevor noch die am Wagen es gewahr wurden, in der entgegengesetzten Richtung pfeilschnell den Fluß hinab.

Er selbst war es gewesen, den Diana am Morgen vom Lindenbaum umherspähend erblickt. Da zweifelte sie keinen Augenblick länger, daß er sein verwegenes Vorhaben in der folgenden Nacht auszuführen gedenke. Ihr Anschlag war schnell gefaßt. Voll Übermut lud sie durch vertraute Boten sogleich das ganze Hoflager zu Entführung und Abendbrot herüber, die einzeln und ohne Aufsehen eingetroffenen Hofleute wurden am Wege versteckt; Gaston in der Verwirrung und Dunkelheit sollte, statt ihrer, das verkappte Kammermädchen entführen und so vor den Augen des hervorbrechenden Hinterhalts doppelt beschämt werden. – Nun aber hatte die unzeitige Liebschaft des Mädchens und Dianas eigene Unbesonnenheit im entscheidenden Augenblick plötzlich alles anders gewendet!

Schon waren Schloß und Garten hinter den Fortschiffenden dämmernd versunken, immer ferner und schwächer nur hörte man von dorther noch verworrenes Rufen, Schüsse und Hörnersignale der bestürzten Hofleute, die sich wie durch eine unbegreifliche Verzauberung auf einmal in allen Plänen gekreuzt sahen und nun die auf Gaston geladenen Witze verzweifelt gegeneinander selbst abschossen.

Der Fluß indes ging rasch durch wüsten Wald, Diana wußte recht gut, daß hier kein Haus und keine menschliche Hilfe in der Nähe war; so saß sie still am Rand des Kahnes und schaute vor sich in die Flut, die von Zeit zu Zeit in Wirbeln dunkel aufrauschte. Gaston aber, wohl fühlend, daß in dieser unerhörten Lage alle gewöhnliche Galanterie und Entschuldigung nur lächerlich und in den Wind gesprochen sei, blieb gleichfalls stumm, und so glitten sie lange Zeit schweigend zwischen stillen Wäldern und Felsenwänden durch die tiefe Einsamkeit der Nacht, während der Graf immerfort Dianas Spiegelbild im mond-beschienenen Wasser vor sich sah, als zöge eine Nixe mit ihnen neben dem Schiff.

Endlich, um nur die unerträgliche Stille zu brechen, sagte er, als wäre nichts geschehen, alles hier erinnere ihn wunderbar an eine Sage seiner Heimat. Da stehe im Schloßgarten ein marmornes Frauenbild und spiegele sich in einem Weiher. Keiner wage es, in stiller Mittagszeit vorbeizugehen, denn wenn die Luft linde kräuselnd übers Wasser ginge und das Spiegelbild bewegte, da seis, als ob es sachte seine Arme auftät.

Diana, ohne ein Wort zu erwidern, fuhr unwillig mit der Hand über das Wasser, daß alle Linien ihres Bildes drin durcheinanderlaufend im Mondesflimmer sich verwirrten.

Von diesem Bilde, fuhr Gaston fort, geht die Rede, daß es in gewissen Sommernächten, wenn alles schläft und der Vollmond, wie heut, über die Wälder scheint, von seinem Steine steigend, durch den stillen Garten wandle. Da soll sie mit den alten Bäumen und den Wasserkün-sten in fremder Sprache reden, und wer sie da zufällig erblickt, der muß in Liebesqual verderben, so schön ist die Gestalt.

»Was ist das für ein Turm dort überm Walde?« rief hier Diana, sich plötzlich aufrichtend, daß er zusammenschrak, als hätt er selbst das Marmorbild erblickt, von dem er sprach – es waren ihre ersten Worte. Er sah sich verwundert nach allen Seiten um, weiterhin schien sich die Schlucht zu öffnen, durch eine Waldlichtung erblickte er wirklich schon flüchtig den Turm seines Jagdschlosses, tiefer unten den Fahrweg, der in weiten Umkreisen um das Gebirge ging; dort hatte er seine Leute vom Schloß zum Empfange hinbestellt. Gleich darauf aber verdeckten Felsen und Bäume alles wieder, und der Fluß wandte sich von neuem. Gaston, der das abgelegene Schloß selten besucht, kannte die Umgebung nur wenig, er stand einen Augenblick verwirrt und wußte nicht, an welchem Ufer er landen sollte.

Da bemerkte er rechts den Schimmer eines kleinen Feuers ungewiß durch die Büsche. Das sind sie, dachte er und lenkte darauf hin. Der Kahn stieß hart ans Land; indem er aber, schon am Ufer, das Gestrüpp auseinanderbog, um der Gräfin Platz zu schaffen, stieß diese, eh ers hindern konnte, im Heraussteigen den Nachen weit hinter sich, der nun unwiederbringlich mit dem reißenden Strom forttrieb. Gaston sah sie überrascht an, sie blickte funkelnd nach allen Seiten in der schönen Nacht umher.

So standen sie an einem wildumzirkten Platz, Bäume, Fels und altes Bauwerk wirr durcheinander gewachsen. Es war, wie er beim Mondlicht erkannte, eine verfallene, unbewohnte Wassermühle, hinten, wie ein Schwalbennest, an die hohe, unersteigliche Felsenwand gehängt, von zwei andern Seiten vom schäumenden Fluß umgeben. Von dort zwischen Unkraut und Gebälk kam der Lichtschein her, den er vom Strom gesehen; er trat eilig mit Diana in das wüste Gehöft, voll Zuversicht, die Seinigen zu treffen. Wie groß aber war sein Erstaunen, da er den Platz leer fand, nur einzelne blaue Flämmchen zuckten noch aus der halbverloschenen Brandstätte, als wäre sie eben von Hirten verlassen worden. -

»Ist das Ihr Schloß?« fragte Diana höhnend. Gaston aber, der einen zerbrochenen Fensterladen im Winde klappen hörte, war schon ins Haus gegangen. Dort durch die Öffnung schauend, gewahrte er zu seinem Schrecken erst, daß er auf dem falschen Ufer gelandet, drüben hinter den dunkeln Wipfeln lag sein Jagdschloß im prächtigen Mondschein – nun wußt ers auf einmal, warum Diana vorhin den Nachen zurückgestoßen!

In dieser Verlegenheit zog er schnell ein Pistol unter seinem Mantel hervor und feuerte es in die Nacht ab, ein Reh fuhr nebenan aus dem Dickicht, man konnte seinen Hufschlag noch weit durch den stillen Waldgrund hören. Zugleich aber gab zu seiner großen Freude ein Schuß drüben Antwort, bald wieder einer und drauf ein Schreien und Rufen vom Felde, daß fern in den Dörfern die Hunde anschlugen. Schon glaubte er einige der Stimmen zu erkennen und wollte eben ein zweites Pistol abschießen, als er auf einmal ein seltsames Knistern und Blinken in allen Ritzen des alten Hauses bemerkte. »Um Gottes willen, da schlagen Flammen auf!« schrie er, entsetzt hinausstürzend, der einzige Ausgang zum Walde brannte schon lichterloh – Diana, da sie bei dem Herannahen der Signale und Stimmen keine Rettung mehr sah, hatte das Haus an allen vier Ecken angezündet. Jetzt erblickte er die Schreckliche selbst hoch auf dem hölzernen Balkon der Mühle, gerade über dem Strom. Da sie ihn gewahrte, wandte sie sich schnell herum, es war wieder jenes Wetterleuchten des Blicks, das ihn schon einmal geblendet. – »Komm nun und hol die Braut!« rief sie ihm wild durch die Nacht zu, das Brautgemach ist schon geschmückt, die Hochzeitsfackeln brennen.

Unterdes aber züngelten einzelne Flammenspitzen schon hier und da durch die Fugen, der heiße Sommer hatte alles gedörrt, das Feuer, im Heidekraut fortlaufend, kletterte hurtig in dem trocknen Gebälk hinauf, und der Wind faßte lustig die prächtigen Lohen, und von drüben kam das Rufen und Schießen rasch immer näher und lauter und: »hol deine Braut!« frohlockte Diana wieder dazwischen. – Da, ohne hinter sich zu blicken, stürzte Gaston durch den wirbelnden Rauch die brennende Treppe hinan. »Zurück, rühr mich nicht an!« rief ihm Diana entgegen, »wer hieß dich mit Feuer spielen, nun ists zu spät, wir beide müssen drin verderben!« Aber die Funken von den Kleidern stäubend, stand er schon droben dicht bei ihr; am Ufer brannte ein schlanker Tannenbaum vom Wipfel bis zum Fuß, die schöne Gestalt und die stille Gegend beleuchtend. Gaston blickte ratlos in der Verwüstung umher, es schien keine Hilfe möglich, die Balken stürzten rings schon krachend in die Glut zusammen, hinten die steile Felsenwand und unter ihnen der Strom, in dem der Brand sich gräßlich spiegelte.

Indem aber hat das Feuer die dürren Wurzeln der Tanne zerfressen und, wie das Gerüst eines abgebrannten Feuerwerks allmählich verdunkelnd und sich neigend, sinkt der Baum prasselnd quer über den wütenden Felsbach. Da faßt Gaston, der alles ringsher scharf beachtet, plötzlich Dianas Hand, schwingt sie selbst, eh sie sich des versieht, auf seinen Arm, und, seinen Mantel um sie schlagend, mit fast übermenschlicher Gewalt, trägt er die Sträubende mitten durch die Flamme über die grauenvolle Brücke, unter der der Fluß wie eine feurige Schlange dahinschoß.

Jetzt hat er, aus dem furchtbaren Bezirk tretend, glücklich das jenseitige Ufer erreicht und schleudert den brennenden Mantel hinter sich in den Fluß. Diana, plötzlich Stirn und Augen enthüllt, wandte sich von ihm ab in die Nacht. »Sieh mich nicht so an, sagte sie, du verwirrst mir der Seele Grund.« – Da hörte er auf einmal auch die Stimmen wieder im Felde, mehrere Gestalten schwankten fern durch den Mondschein; es waren seine Leute, die, der Verabredung gemäß, am Fahrweg auf ihn gewartet und nun ganz erstaunt herbeieilten, da sie den Herrn auf dem Wege vom Fluß erkannten. »Zum Schloß!« rief ihnen Gaston zu, und alle Kräfte noch einmal zusammenraffend, trug er seine Beute rasch den Gartenberg hinan; schon schimmerten rechts und links ihm altbekannte Plätze entgegen, jetzt teilten sich die alten Bäume, und vor ihnen ernst und dunkel lag das stille Haus; da ließ er erschöpft die Gräfin auf den steinernen Stufen vor der Schloßtür nieder. Von drüben aber beleuchtete der Brand taghell Garten und Schloß und Dianas grausame Schönheit; Gaston schüttelte sich heimlich vor Grausen.

Indem waren auch die Diener, entschuldigend, fragend und erzählend, von allen Seiten herbeigekommen. Der Graf, ohne ihrer Neugier Rede zu stehen, befahl ihnen, rasch die Türen zu öffnen und die Kerzen anzuzünden, er schien in seinem ganzen Wesen auffallend verändert, daß sie sich fast vor ihm fürchteten. Darauf der Gräfin seinen Arm reichend, indem er sie in das unterdes geöffnete Schloß führte, sagte er mit glatter, seltsamer Kälte zu ihr, die Aufgabe sei gelöst und die wunderliche Wette entschieden, sie möge nun ausruhen und Schloß, Garten, Diener und Wildbahn hier ganz als die ihrigen betrachten. Und so, ohne ihre Antwort abzuwarten, ließ er sie im kerzenhellen Saale allein.

Draußen aber, in großer Aufregung, hieß er schnell alle Gemächer reinigen und schmücken und ordnete zu allgemeiner Verwunderung der Diener sogleich alles zu einem glänzenden Feste an. Die Jäger flüsterten mit verbissenem Lachen heimlich untereinander, der eine winkte schlau mit den Augen nach der schönen Fremden im Saale. Gaston, der es bemerkte, faßte ihn zornig an der Brust und schwor jedem den Tod, der der Gräfin drin, als ihrer Herrin, nicht ehrfurchtsvoll und pünktlich wie ihm selber diente.

Drauf ließ er ein Pferd satteln und ritt noch dieselbe Stunde fort, niemand wußte wohin.

Auf dem Schlosse der Marquise Astrenant ging seit jener Räuberjagd gar mancherlei Gerede. Den Anführer der Räuber, hieß es, habe von dem Augenblick an, da Graf Gaston ihn vom Felsen gestürzt, niemand mehr wiedergesehen, nur eine blutige Fährte hätten sie beim Verfolgen bemerkt, die führte endlich zwischen ungangbaren Klippen in einen Abgrund, wo keiner hinabgekonnt, da habe er ohne Zweifel in dem Felsstrom unten seinen wohlverdienten Tod gefunden. – Leontine wußt es wohl besser, aber das Geheimnis wollt ihr das Herz abdrücken.

In den Wäldern war es unterdes schon lange wieder still geworden, über den wilden Garten vor dem Schlosse schien soeben die untergehende Sonne, die Luft kam vom Tal, man hörte die Abendglocken weiter durch die schöne Einsamkeit herüberklingen. Da stand Leontine, wie damals, zwischen den Hecken und fütterte wieder ihr Reh und streichelte es und sah ihm in die klaren, unschuldigen Augen. »Deine Augen sind ohne Falsch«, sagte sie schmeichelnd zu ihm, »du bist mir treu, wir wollen auch immer zusammenbleiben hier zwischen den Bergen, es fragt ja doch niemand draußen nach uns.« Und da die Vögel so schön im Walde sangen, fiel ihr dabei ein Lied wieder ein, an das sie lange nicht gedacht, und sie sang halb traurig:

Konnt mich auch sonst mit schwingen
Übers grüne Revier,
Hatt ein Herze zum Singen
Und Flügel wie ihr.

Flog über die Felder,
Da blüht es wie Schnee,
Und herauf durch die Wälder
Spiegelt die See.

Ein Schiff sah ich gehen
Fort über das Meer,
Meinen Liebsten drin stehen, -
Dacht meiner nicht mehr.

Und die Segel verzogen,
Und es dämmert das Feld,
Und ich hab mich verflogen
In der weiten, weiten Welt.

»Leontine!« rief da die Marquise an der Gartentür des Schlosses, »sieh doch einmal, was wirbelt denn dort für Staub auf dem Wege?« Leontine trat an den Abhang des Gartens, und die Hand vor dem Glanz über die Augen haltend, sagte sie: »Ein Reiter kommt, die Sonne glitzert nur zu sehr, ich kann nichts deutlich erkennen.« – Gott, dachte sie heimlich, wenn er es wäre! – jetzt biegt er schon um den Weidenbusch, wie das fliegt! – ach nein, ein fremder Jäger ists, was der nur noch bringen mag.

Die Mutter aber, voll Neugier und Verwunderung, war dem Reiter schon entgegengegangen und kam gleich darauf mit einem geöffneten Briefe zurück. Es war Dianas Einladung; sie beschwor das Fräulein in wenigen Zeilen herzlich und ungestüm, doch ja sogleich zu ihr hinüberzukommen, da sie nur eben ein paar Tage für sich habe und sich selbst dort nicht losmachen könne. – Die Marquise stand einen Augenblick nachsinnend. »Daran hatt ich am wenigsten gedacht«, sagte sie dann; »Diana ist übermütig, herrisch und gewaltsam, ihre Art ist mir immer zuwider gewesen, aber sie hat wie ein prächtiges Feuerwerk mit ihren Talenten, die sie selbst nicht kennt, den Hof und ganz Paris geblendet, du mußt ja doch endlich auch in die Welt hinaus, es ist wie ein Fingerzeig Gottes, sein Wille geschehe.« – Leontine aber flimmerten die Zeilen lustig im Abendrot, es blitzte ihr plötzlich alles wieder auf daraus: die schöne Jugendzeit, die wilden Spiele und kindischen Zänkereien mit Diana, alle ihre Gedanken waren auf einmal in die schimmernde Ferne gewendet, die sich so unerwartet aufgetan.

Es wurde nun nach kurzer Beratung beschlossen, daß sie, um keine Zeit zu verlieren und die angenehme Kühle zu benutzen, noch heute abreisen und die schöne Sommernacht hindurchfahren sollte; der alte Frenel sollte sie begleiten. Und nun ging es sogleich herzhaft an die nötigen Vorbereitungen, treppauf, treppab, die Türen flogen, Frenel klopfte seine alte Staatslivree aus, aus dem Schuppen wurde der verstaubte Reisewagen geschoben, der Hund bellte im Hofe, und der Truthahn gollerte in dem unverhofften Rumor.

Oben aber in der Stube saß Leontine mit untergeschlagenen Beinen fröhlich plaudernd auf dem glänzenden Getäfel des Fußbodens vor ihrem Koffer, Kleider und Schuhe und Schals in reizender Verwirrung um sie her, und die Mutter half ihr einpacken, das Schönste, das sie hatte. Dann brachte sie ihr das Reisekleid und strich ihr die Locken aus der Stirn und putzte sie auf vor dem Spiegel. Und von draußen sah der Abend durchs offene Fenster herein und füllte das ganze Zimmer mit Waldhauch, und unten sangen die Vögel wieder so lustig zum Valet, und Leontine war so schön in ihrem neuen Reisehut; es war lange nicht solche Freude gewesen in dem stillen Hause.

Endlich fuhr unten der Wagen vor, es war alles bereit, vor der Haustür stand das ganze Hofgesinde versammelt, um ihr Fräulein fortfahren zu sehen. Beim Hinabsteigen sagte die Marquise: »Ich weiß nicht, jetzt ängstigt mich ein Traum von heute nacht, ich sah dich prächtig geschmückt die große Allee hinuntergehen, da war's, als würde sie immer länger und länger und hinten eine ganz fremde Gegend, ich rief dir nach, aber du hörtest mich nicht mehr, als wärst du nicht mehr mein.« – Leontine lachte: der Schmuck bedeute große Ehre und Freude, wer weiß, was für ein Glück sie in der Fremde erwarte. Damit küßte sie noch einmal herzlich die Mutter und sprang in den Wagen. Aber es war ihr doch wehmütig, als nun die Wagentür wie ein Sargdeckel hinter ihr zuschlug und die Mutter, die ihr immer noch mit dem Tuche nachwinkte, im Dunkel verschwand und Schloß und Garten allmählich hinter den schwarzen Bäumen versanken.

Jetzt rollte sie schon im Freien durch die einsame Gegend hin, der Mondschein wiegte sich auf den leise wogenden Kornfeldern, der Kutscher knallte lustig, daß es weit in den Wald schallte, manchmal schlugen Hunde an fern in den Dörfern, und Frenels Tressenhut blinkte immerfort vom hohen Kutschbock. Leontine hatte das Wagenfenster geöffnet, sie war noch niemals zu dieser Stunde im Felde gewesen, nun war sie ganz überrascht: so wunderbar ist die ernste Schönheit der Nacht, die nur in Gedanken spricht und das Entfernteste wie im Traum zusammenfügt. Sie hatte auch Leontinen gar bald in sich versenkt. Im Fahren durch die stille Einsamkeit dachte sie sich den Räuberhauptmann hoch im Gebirge am Feuer zwischen Felsenwänden, wie sie neben ihm auf dem Rasen schlief und er sie bewachte, tief unten aber durch den Felsenriß die Täler unermeßlich im Mondschein heraufdämmernd, Städte, Felder, gewundene Ströme und ihrer Mutter Schloß weit in der Ferne, und das Feuer, mit dem die Luft spielte, spiegelte sich flackernd an den feuchten Felsenwänden, und die Nachtigallen schlugen tief unten in den stillen Gärten, wo die Menschen wohnten, und die Wälder rauschten darüber hin, bis allmählich Wald und Strom und Flammen sich seltsam durcheinanderwirrten und sie wirklich einschlummerte.

Sie mochte lange geschlafen haben, denn als sie erwachte, hielt der Wagen still mitten in der Nacht, Frenel und der Kutscher waren fort, seitwärts stand eine einzelne Hütte, man sah das Herdfeuer durch die kleinen Fenster schimmern, im Hause hörte sie den Frenel sprechen, er schien nach dem Wege zu fragen. Sie lehnte sich an das Kutschenfenster, ein finstrer Wald lag vor ihnen und drüben auf einer Höhe ein Schloß im Mondschein. Wie sie aber so, nicht ohne heimliches Grauen, mit ihren Augen noch die Öde durchmißt, hört sie auf einmal Pferdetritte fern durch die Stille der Nacht. Es schallt immer näher und näher, jetzt sieht sie einen Reiter, in seinen Mantel gehüllt, im scharfen Trabe auf demselben Wege vom Walde rasch daherkommen. Sie fährt erschrocken zurück und drückt sich in die Ecke des Wagens. Der Reiter aber, da er den verlassenen Wagen bemerkt, hält plötzlich an.

»Wer ist da!« rief er, »wo wollen Sie hin?« – »Nach St. Lüc«, erwiderte Leontine, ohne sich umzusehen. – »St. Lüc? das ist das Schloß der Gräfin Diana«, sagte der Reiter; »wenn Sie die Gräfin sehen wollen, die ist seit einigen Stunden schon auf des Grafen Gaston Schloß dort überm Wald.« – »Unmöglich«, versetzte das Fräulein, sich lebhaft aufrichtend bei der unerwarteten Nachricht.

»Leontine!« – rief da auf einmal der Fremde, ganz dicht an den Wagenschlag heranreitend, daß sie zusammenfuhr; ein Mondblick durch die Wipfel der Bäume funkelte über Reiter und Roß – es war der Räuberhauptmann.

Er zog, da er sie nun erkannte, schnell das weiße Tuch hervor, das sie ihm damals gegeben, und es ihr vorhaltend, fragte er, ob sie das kenne und seiner manchmal noch gedacht? – Leontine, auf das heftigste erschrocken und an allen Gliedern zitternd, hatte doch die Besinnung, nicht um Hilfe zu schreien. »Um Gottes willen«, rief sie, »nur jetzt nicht, reiten Sie fort!« – Er aber, sich vorbeugend in sichtlicher Spannung, als hinge die Welt an ihrer Antwort, fragte noch einmal dringender, ob sie ihn und jene wildschöne Nacht vergessen oder nicht? »Rasender, was tun Sie!« erwiderte sie mit einiger Heftigkeit, »meine Leute sind nur wenige Schritte von hier, verlassen Sie mich auf der Stelle!« – Da ließ er langsam Arm und Tuch sinken und vor sich sehend, sagte er finster: »Was tuts, ich bin des Lebens müde.«

Jetzt hörte sie plötzlich die Tür gehen im Hause und Frenels Stimme. »Sie kommen«, rief sie in Todesangst und fast in Weinen ausbrechend; »Oh, ich beschwör dich, reit eilig fort, sie fangen dich, ich überlebt es nicht!«

»Das war der alte Klang, du liebst mich noch!« jubelte da plötzlich der Reiter auf, sein Pferd lustig herumwerfend. Nun traten auch Frenel und der Kutscher wieder aus dem Hause. »Dort hinaus, immer den Wald entlang!« rief er ihnen im Vorübersprengen zu und verschwand im Dunkel vor ihnen. »Wer war denn das?« fragte Frenel, ihm erstaunt nachsehend. Aber Leontine, noch ganz verwirrt, atmete erst tief auf, als die letzten Roßtritte verhallt und sie den Reiter in der Freiheit der Nacht wieder geborgen wußte. Darauf befahl sie, sogleich nach dem Schloß des Grafen Gaston zu fahren, das sie dort über dem Walde sähen, die Gräfin Diana sei dort, sie habe es soeben von jenem Reiter gehört, einem reisenden Herrn, setzte sie zögernd hinzu, der von dorther gekommen. – Frenel, sehr verwundert, wollte noch mancherlei fragen, aber sie trieb ihn in großer Hast. – »Nun, nun, es wird auch ganz finster, der Mond geht schon unter, wir mußten ohnedies an dem Schlosse vorüber«, sagte er, mühsam seinen Sitz besteigend; der Kutscher schwang die Peitsche, und sie flogen dem Walde zu; es war derselbe Weg, den ihnen der Reiter gewiesen.

So fuhren sie rasch an den Tannen hin, von der andern Seite schwebten Wiesen, Felder und Hecken leise wechselnd vorüber, das Schloß trat immer deutlicher über den Wipfeln heraus, man hörte fern schon Nachtigallen in den Gärten schlagen. Leontine, in Nachsinnen versunken, sah sich noch manchmal scheu nach allen Seiten um, es war ihr alles wie ein Traum.

»Da blitzt es von weitem«, sagte sie nach einem Weilchen zu Frenel, um in der Angst nur etwas zu sprechen. Aber Frenel, der von seiner hohen Warte freier ins Land schauen konnte, schüttelte den Kopf: er sehe schon lange hin, das sei kein Wetterleuchten, sondern Raketen oder Leuchtkugeln, die sie vom Schlosse würfen, jetzt hab ers ganz deutlich gesehen, sie müßten droben heut ein Fest haben.

Während sie aber noch so sprachen, kam plötzlich ein Lakai zu Pferde, in prächtiger Livree und von Golde flimmernd, ihnen durch die Nacht entgegen. Frenel, ganz überrascht, zog ehrerbietig seinen Tressenhut. Jener aber ritt dicht an den Wagen, das Fräulein begrüßend, indem er sich als einen Diener aus dem Schlosse ankündigte, wohin er die Herrschaft geleiten solle. Und mit diesen Worten, ohne eine Antwort abzuwarten, drückte er die Sporen wieder ein und setzte sich rasch an die Spitze, in der hohen, dunkeln Kastanienallee dem Wagen vorreitend. – Frenel hatte sich von seinem Bocke ganz zurückgebogen und sah durch die Scheiben erstaunt und fragend das Fräulein an. Leontine zuckte nur mit den Achseln, sie wußte durchaus nicht mehr, was sie davon denken sollte. Ihre Verwirrung wurde aber noch größer, als sie bald darauf an mehreren kleinen Häusern vorüberkamen, wo ungeachtet der weitvorgerückten Nacht alles noch in seltsamer Erwartung und Bewegung schien. Überall brannte Licht, daß man weit in die reinlichen Zimmer hineinsehen konnte, Mädchen und Frauen lagen neugierig in den offenen Fenstern. Da kommt sie, das ist sie! hörte Leontine im Vorüberfahren ausrufen. »Mein Gott«, sagte sie zu Frenel, »das muß hier irgendein Mißverständnis sein.«

In diesem Augenblick aber bogen sie rasch um eine Ecke, der Wagen rollte über eine steinerne Brücke und gleich darauf in das hohe, dunkle, lange Schloßtor hinein. Jetzt flog rotes Licht spielend über die alten Mauern und Erker, Leontine, als hätte sie plötzlich ein Gespenst erblickt, starrte mit weit offenen Augen in die Blendung, denn der ganze Hof wimmelte von Windlichtern und reichgeschmückten Dienern, und auf den Stufen des Schlosses, mitten im wirren Widerschein der Fackeln, stand schon wieder der Räuberhauptmann!

Er schien selbst auch erst angelangt, sein Pferd, noch rauchend, wurde eben abgeführt. Als der Wagen anhielt, stieg er rasch hinab, alles wich ihm ehrerbietig aus. Er hob die ganz Verstummte aus dem Wagen und führte sie, wie einen längst erwarteten Besuch, durch die Reihe von Dienern mit höfischem Anstand die Treppe hinan, ohne mit Wort oder Mienen anzudeuten, was zwischen ihnen vorgefallen. So gingen sie durch mehrere Gemächer, alle waren hell erleuchtet, eine seltsame Ahnung flog durch Leontinens Seele, sie wagt es kaum zu denken. Jetzt traten sie in den Saal.

»Mein Gott«, sagte sie, »Sie sind –«

»Graf Gaston«, erwiderte ihr Begleiter, »vergeben Sie die Täuschung, sie war so schön!«

Drauf blickte er rasch im Saal umher. »Wo ist die Gräfin Diana?« fragte er die Diener. Man sagte ihm, die Gräfin habe gleich, nachdem er das Schloß verlassen, Pferd und Wagen verlangt, so sei sie mitten in der Nacht fortgefahren, der Kutscher selbst habe noch nicht gewußt, wohin es ginge. – Gastons Stirne verdunkelte sich bei dieser Nachricht, er sah nachsinnend vor sich nieder.

Leontine aber hatte unterdes schnell noch einmal alles überdacht: den ersten Besuch des Unbekannten, seine flüchtige Erscheinung, dann unten vor dem Schloß die verworrenen Gerüchte von dem Tode des Räubers – wie hatte Schreck und Zufall alles wunderbar verwechselt! Sie stand verwirrt mit niedergeschlagenen Augen, tiefbeschämt, daß er nun alles, alles wußte, wie sehr sie ihn geliebt.

Da wandte sich Gaston, nach kurzem Überlegen, lächelnd wieder zu ihr. »Das Spiel ist aus«, sagte er, »ein todwunder Räuber steht vor Ihnen und gibt sich ganz in Ihre Hand. Morgen geleit ich Sie zurück zur Mutter, da sollen Sie richtend entscheiden über ihn auf Leben oder Tod.«

Drauf, als wollte er schonend die Überraschte heut nicht weiter drängen, klingelte er rasch; weibliche Dienerschaft trat herein zu des Fräuleins Aufwartung. Und ihre Hand küssend, eh er schied, flüsterte er ihr noch leise zu: »Ich kann nicht schlafen, ich zieh heut mit den Sternen auf die Wacht und mach die Runde um das Schloß die ganze schöne Nacht, es ist ein heimlich Klingen draußen in der stillen Luft, als zög' eine Hochzeit ferne an den Bergen hin.«

Leontine stand noch lange am offnen Fenster über dem fremden Garten, Johanniswürmchen schweiften leuchtend durch Blumen und Sträucher, manchmal schlug eine Nachtigall fern im Dunkel. Es ist nicht möglich, sagte sie tausendmal still in sich, es ist nicht möglich!

Unten im Hofe aber erkundigte sich Gaston jetzt noch genauer, wiewohl vergeblich, nach der Richtung, die Diana genommen. Verblendet, wie er war von ihrer zauberischen Schönheit, hatte sich, als er in den Flammen dieser Nacht sie plötzlich in allen ihren Schrecken erblickt, schaudernd sein Herz gewendet, und, wie eine schöne Landschaft nach einem Gewitter, war in seiner Seele Leontinens unschuldiges Bild unwiderstehlich wieder aufgetaucht, das Diana so lange wetterleuchtend verdeckt. Dieser hatte er nun auf dem Schlosse hier Leontinen als seine Braut vorstellen wollen; das sollte seine Rache sein und ihre Buße. Nun aber war unerwartet alles anders gekommen.

Wenige Wochen drauf ging an dem Schloß der Marquise ein fröhliches Klingen durch die stille Morgenluft, eine Hochzeit zog an den Waldbergen hin: glänzende Wagen und Reiter, Leontine als Braut auf zierlichem Zelter voran, heiter plaudernd an Gastons Seite. Die Vögel sangen ihr nach aus der alten schönen Einsamkeit, das treue Reh folgte ihr frei, manchmal am Wege im Walde grasend. Sie zogen nach Gastons prächtigem Schloß an der Loire.

Hier lebte er in glücklicher Abgeschiedenheit mit seiner schönen Frau. Nur manchmal überflog ihn eine leise Wehmut, wenn bei klarem Wetter die Luft den Klang der Abendglocken von dem Kloster herüberbrachte, das man aus dem stillen Schloßgarten fern überm Walde sah.

Dort hatte Diana in der Nacht nach ihrer Entführung sich hingeflüchtet und gleich darauf, der Welt entsagend, den Schleier genommen. Als Oberin des Klosters furchtbare Strenge gegen sich und die Schwestern übend, wurde sie in der ganzen Gegend fast wie eine Heilige verehrt. Den Gaston aber wollte sie nie wiedersehen.

Eine Meerfahrt

Es war im Jahre 1540, als das valenzische Schiff »Fortuna« die Linie passierte und nun in den Atlantischen Ozean hinausstach, der damals noch einem fabelhaften Wunderreiche glich, hinter dem Columbus kaum erst die blauen Bergesspitzen einer neuen Welt gezogen hatte. Das Schiff hatte eben nicht das beste Aussehen, der Wind pfiff wie zum Spott durch die Löcher in den Segeln, aber die Mannschaft, lumpig, tapfer und allezeit vergnügt, fragte wenig darnach, sie fuhren immerzu und wollten mit Gewalt neue Länder entdecken. Nur der Schiffshauptmann Alvarez stand heute nachdenklich an den Mast gelehnt, denn eine rasche Strömung trieb sie unaufhaltsam ins Ungewisse von Amerika ab, wohin er wollte. Von der Spitze des Verdecks aber schaute der fröhliche Don Antonio tief aufatmend in das fremde Meer hinaus, ein armer Student aus Salamanca, der von der Schule neugierig mitgefahren war, um die Welt zu sehen. Dabei hatte er heimlich noch die Absicht und Hoffnung, von seinem Oheim Don Diego Kunde zu erhalten, der vor vielen Jahren auf einer Seereise verschollen war und von dessen Schönheit und Tapferkeit er als Kind so viel erzählen gehört, daß es noch immer wie ein Märchen in seiner Seele nachhallte. – Ein frischer Wind griff unterdessen rüstig in die geflickten Segel, die künstlich geschnitzte bunte Glücksgöttin am Vorderteil des Schiffes glitt heiter über die Wogen, den wandelbaren Tanzboden Fortunas. Und so segelten die kühnen Gesellen wohlgemut in die unbekannte Ferne hinaus, aus der ihnen seltsame Abenteuer, zackiges Gebirge und stille blühende Inseln wie im Traume allmählich entgegendämmerten. Schon zwei Tage waren sie in derselben Richtung fortgesegelt, ohne ein Land zu erblicken, als sie unerwartet in den Zauberbann einer Windstille gerieten, die das Schiff fast eine Woche lang mit unsichtbarem Anker festhielt. Das war eine entsetzliche Zeit. Der hagere gelbe Alvarez saß unbeweglich auf seinem ledernen Armstuhle und warf kurze scharfe Blicke in alle Winkel, ob ihm nicht jemand guten Grund zu ordentlichem Zorne geben wollte, die Schiffsleute zankten um nichts vor Langeweile, dann wurde oft alles auf einmal wieder so still, daß man die Ratten im untern Raum schaben hörte. Antonio hielt es endlich nicht länger aus und eilte auf das Verdeck, um nur frische Luft zu schöpfen. Dort hingen die Segel und Taue schlaff an den Masten, ein Matrose mit offener brauner Brust lag auf dem Rücken und sang ein valenzianisches Lied, bis auch er einschlief. Antonio aber blickte in das Meer, es war so klar, daß man bis auf den Grund sehen konnte, das Schiff hing in der Öde wie ein dunkler Raubvogel über den unbekannten Abgründen, ihm schwindelte zum ersten Male vor dem Unternehmen, in das er sich so leicht gestürzt. Da gedachte er der fernen schattigen Heimat, wie er dort als Kind an solchen schönen Sommertagen mit seinen Verwandten oft vor dem hohen Schloß im Garten gesessen, wo sie nach den Segeln fern am Horizonte aussahen, ob nicht Diegos Schiff unter ihnen. Aber die Segel zogen wie stumme Schwäne vorüber, die Wartenden droben wurden alt und starben, und Diego kam nicht wieder, kein Schiffer brachte jemals Kunde von ihm. – Das Angedenken an diese stille Zeit wollte ihm das Herz abdrücken, er lehnte sich an den Bord und sang für sich:

Ich seh von des Schiffes Rande
Tief in die Flut hinein:
Gebirge und grüne Lande,
Der alte Garten mein,
Die Heimat im Meeresgrunde,
Wie ich's oft im Traum mir gedacht,
Das dämmert alles da drunten
Als wie eine prächtige Nacht.

Die zackigen Türme ragen,
Der Türmer, er grüßt mich nicht,
Die Glocken nur hör ich schlagen
Vom Schloß durch das Mondenlicht
Und den Strom und die Wälder rauschen
Verworren vom Grunde her,
Die Wellen vernehmen's und lauschen
So still übers ganze Meer.

Don Diego auf seiner Warte
Sitzet da unten tief,
Als ob er mit langem Barte
Über seiner Harfe schlief.
Da kommen und gehn die Schiffe

Darüber, er merkt es kaum,
Von seinem Korallenriffe
Grüßt er sie wie im Traum.

Und wie er noch so sann, kräuselte auf einmal ein leiser Hauch das
Meer immer weiter und tiefer, die Segel schwellten allmählich, das
Schiff knarrte und reckte sich wie aus dem Schlaf, und aus allen Luken
stiegen plötzlich wilde gebräunte Gestalten empor, da sie die neue Bewegung spürten, sie wollten sich lieber mit dem ärgsten Sturme herum-
zausen, als länger so lebendig begraben liegen. Auf einmal schrie es
»Land!« vom Mastkorbe, »Land, Land!« Antonio kletterte in seinem
buntseidenen Wams wie ein Papagei auf der schwankenden Strickleiter
den Hauptmast hinan, er wollte das Land zuerst begrüßen. Alvarez
eilte nach seiner Karte, da war aber alles leer auf der Stelle, wo sie soeben sich befinden mußten. »Baccalaureus, Herzensjunge!« schrie er
herauf, »schaff mir einen schwarzen Punkt auf die Karte hier, ich mach
dich zum Doktor drin, was siehst du?« – »Ein blauer Berg taucht auf«,
rief Antonio hinab, »jetzt wieder einer – ich glaub, es sind Wolken, es
dehnt sich und steigt im Nebel wie Turmspitzen. – Nein, jetzt unter-
scheide ich Gipfel, o wie das schön ist! und helle Streifen dazwischen
in der Abendsonne, unten dunkelt's schon grün, die Gipfel brennen
wie Gold.« – »Gold?« rief der Hauptmann und hatte sein altes Perspektiv genommen, er zielte und zog es immer länger und länger, er schwor,
es sei das reiche Indien, das unbekannte große Südland, das damals
alle Abenteurer suchten.

In diesem Augenblicke aber waren plötzlich alle Gesichter erbleichend
in die Höh' gerichtet: ein dunkler Geier von riesenhafter Größe hing
mit weit ausgespreizten Flügeln gerade über dem Schiff, als könnt er
die Beute von Galgenvögeln nicht erwarten. Bei dem Anblick ging ein
Gemurmel, erst leise, dann immer lauter, durch das ganze Schiff, alle
hielten es für ein Unglückszeichen. Endlich brach das Schiffsvolk los,
sie wollten nicht weiter und drangen ungestüm in den Hauptmann,
von dem verhängnisvollen Eiland wieder abzulenken. Da zog Alvarez
heftig seinen funkelnden Ring vom Finger, lud ihn schweigend in seine
Muskete und schoß nach dem Vogel. Dieser, tödlich getroffen, wie es
schien, fuhr pfeilschnell durch die Lüfte, dann sah man ihn taumelnd
immer tiefer nach dem Lande hin in der Abendglut verschwinden.
»Meld dem Land, daß sein Herr kommt«, sagte Alvarez nachschauend,

auf seine Muskete gestützt, »und wer mir den Ring wiederbringt, soll Statthalter des Reichs sein!« – »Hat sich was wiederzubringen«, brummte einer, »der Ring war nur von böhmischen Steinen!«

Indem aber fing die Luft schon zu dunkeln an, man beschloß daher, den folgenden Tag abzuwarten, bevor man sich der unbekannten Küste näherte. Die Segel wurden eiligst eingezogen, die Anker geworfen und auf Bord und Masten Wachen ausgestellt. Aber keiner konnte schlafen vor Erwartung und Freude, die Matrosen lagen in der warmen Sommernacht plaudernd auf dem Verdecke umher, Alvarez, Antonio und die Offiziere saßen zusammen vorn auf Fortunas Schopfe, unter ihnen schlugen die Wellen leise ans Schiff, während fern am Horizont die Nacht sich mit Wetterleuchten kühlte. Der vielgereiste Alvarez erzählte vergnügt von seinen früheren Fahrten, von ganz smaragdenen Felsenküsten, an denen er einmal gescheitert, von prächtigen Vögeln, die wie Menschen sängen und die Seeleute tief in die Wälder verlockten, von wilden Prinzessinnen auf goldenen Wagen, die von Pfauen gezogen würden. – »Wer da!« rief da auf einmal eine Wache an, alles sprang rasch hinzu. »Wer da, oder ich schieße!« schrie der Posten von neuem. Da aber alles stillblieb, ließ er langsam seine Muskete wieder sinken und sagte nun aus, es sei ihm schon lange gewesen, als hörte er in der See flüstern, immer näher, bald da, bald dort, dann habe plötzlich die Flut ganz in der Nähe aufgerauscht. Alle lauschten neugierig hinaus, sie konnten aber nichts entdecken, nur einmal war's ihnen selber, als hörten sie Ruderschlag von ferne. – Unterdes aber war der Mond aufgegangen, und sie bemerkten nun, daß sie dem Lande näher waren, als sie geglaubt hatten. Dunkle Wolken flogen wechselnd darüber, der Mond beleuchtete verstohlen ein Stück wunderbares Gebirge mit Zacken und jähen Klüften, immer höher stieg eine Reihe Gipfel hinter der andern empor, der Wind kam vom Lande, sie hörten drüben einen Vogel melancholisch singen und ein tiefes Rauschen dazwischen, sie wußten nicht, ob es die Wälder waren oder die Brandung. So starrten sie lange schweigend in die dunkle Nacht, als auf einmal einer den andern flüsternd anstieß. »Sirenen!« hieß es da plötzlich von Mund zu Munde, »seht da, ein ganzes Nest von Sirenen!« – und in der Ferne glaubten sie wirklich schlanke weibliche Gestalten in der schimmernden Flut spielend auftauchen und wieder verschwinden zu sehen. »Die erwisch ich!« rief Alvarez, der sich indes rasch mit Degen, Muskete und Pistolen schon bis an die Zähne bewaffnet hatte und eiligst auf der

Schiffsleiter in das kleine Boot hinabstieg. Antonio folgte fast unwillkürlich. »Gott schütz, der Hauptmann wird verliebt, bindet ihn!« riefen da mehrere Stimmen verworren durcheinander. Alle wollten nun die tolle Abfahrt hindern, da sie aber das Boot festhielten, zerhieb Alvarez mit seinem Schwerte das Tau, und die beiden Abenteurer ruderten allein in den Mondglanz hinaus. Die zurückkehrende Flut trieb sie unmerklich immer weiter dem Lande zu, ein erquickender Duft von unbekannten Kräutern und Blüten wehte ihnen von der Küste entgegen, so fuhren sie dahin. Auf einmal aber bedeckte ein schwere Wolke den Mond, und als er endlich wieder hervortrat, war See und Ufer still und leer, als hätte der fliegende Wolkenschatten alles abgefegt. Betroffen blickten sie umher, da hatten sie zu ihrem Schrecken hinter einer Landzunge nun auch ihr Schiff aus dem Gesicht verloren. Die wachsende Flut riß sie unaufhaltsam nach dem Strande, das Ufer, wie sie so pfeilschnell dahinflogen, wechselte grauenhaft im verwirrenden Mondlicht, auf einsamem Vorsprunge aber saß es wie ein Riese in weiten grauen Gewändern, der über dem Rauschen des Meeres und der Wälder eingeschlafen. – »Diego!« sagte Antonio halb für sich. – Alvarez aber, in Zorn und Angst, feuerte wütend sein Pistol nach der grauen Gestalt ab. In demselben Augenblick stieß das Boot so hart auf den Grund, daß der weiße Gischt der Brandung hoch über ihnen zusammenschlug. Alvarez schwang sich kühn auf einen Uferfels, den erschrockenen Antonio gewaltsam mit sich emporreißend, hinter ihnen zerschellte das Boot in tausend Trümmer. Aber so zerschlagen und ganz durchnäßt, wie er war, kletterte der Hauptmann eilig weiter hinan, und auf dem ersten Gipfel zog er sogleich seinen Degen, stieß ihn in den Boden und nahm feierlich Besitz von diesem Lande mit allen seinen Buchten, Vorgebirgen und etwa dazugehörigen Inseln. »Amen!« sagte Antonio, sich das Wasser von den Kleidern schüttelnd, »nun aber wollt ich, wir wären mit Ehren wieder von dieser fürstlichen Höhe hinunter, ich gebe Euch keinen Pfeffersack für Euer ganzes zukünftiges Königreich!« – »Zukünftiges?« erwiderte Alvarez, »das ist mir just das Liebste dran! Mit Kron und Zepter auf dem Throne sitzen, Audienz geben, mit den Gesandten parlieren: ›Was macht unser Herr Vetter von England usw.?‹ Langweiliges Zeug! Da lob ich mir einen Regenbogen, zweifelhafte Türme von Städten, die ich noch nicht sehe, blaues Gebirge im Morgenschein, es ist, als rittst du in den Himmel hinein; kommst du erst hin, ist's langweilig. Um ein Liebchen werben ist scharmant;

heiraten: wiederum langweilig! Hoffnung ist meine Lust, was ich liebe, muß fern liegen wie das Himmelreich.

> Soll Fortuna mir behagen,
> Will ich über Strom und Feld
> Wie ein schlankes Reh sie jagen
> Lustig, bis ans End' der Welt!«

Eigentlichaber sang er mit seiner heisern Stimme nur, um sich selber die Grillen zu versingen, denn ihre Lage war übel genug. Zu den Ihrigen wieder zurückzufinden, konnten sie nicht hoffen, ohne sich ihnen durch Signale kundzugeben; Feuer anzünden aber, schießen oder sonstigen Lärm machen wollten sie nicht, um das wilde Gesindel nicht gegen sich aufzustören, das vielleicht in den umherliegenden Klüften nistete. Da beschlossen sie endlich, einen der höhern Berggipfel zu besteigen, dort wollten sie sich erst umsehen und im schlimmsten Falle den Morgen abwarten. Als sie nun aber in solchen Gedanken immer tiefer in das Gebirge hineingingen, kam ihnen nach und nach alles gar seltsam vor. Der Mondschein beleuchtete wunderlich Wälder, Berge und Klüfte, zuweilen hörten sie Quellen aufrauschen, dann wieder tiefe weite Täler, wo hohe Blumen und Palmen wie in Träumen standen. Fremde Rehe grasten auf einem einsamen Bergeshange, die reckten scheu die langen schlanken Hälse empor, dann flogen sie pfeilschnell durch die Nacht, daß es noch weit zwischen den stillen Felswänden donnerte.

Jetzt glaubte Antonio in der Ferne ein Feuer zu bemerken. Alvarez sagte, wo in diesen Ländern eine reiche Goldader durchs Gebirge ginge, da gebe es oft solchen Schein in stillen Nächten. Sie verdoppelten daher ihre Schritte, leis und vorsichtig ging es über mondbeglänzte Heiden, das Licht wurde immer breiter und breiter, schon sahen sie den Widerschein jenseits an den Klippen des gegenüberstehenden Berges spielen. Auf einmal standen sie vor einem jähen Abhänge und blickten erstaunt in ein tiefes, rings von Felsen eingeschlossenes Tal hinab; kein Pfad schien zwischen den starren Zacken hinabzuführen, die Felswände waren an manchen Stellen wunderbar zerklüftet, aus einer dieser Klüfte drang der trübe Schein hervor, den sie von weitem bemerkt hatten. Zu ihrem Entsetzen sahen sie dort einen wilden Haufen dunkler Männer, Windlichter in den Händen, abgemessen und lautlos im Kreise herumtanzen, während sie manchmal dazwischen bald mit ihren Schilden, bald mit den Fackeln zusammenschlugen, daß die sprühenden Funken sie wie ein Feuerchen umgaben. Inmitten dieses Kreises aber, auf einem Moosbette, lag eine junge schlanke Frauengestalt, den schönen Leib ganz bedeckt von ihren langen Locken und Arme, Haupt und Brust mit funkelnden Spangen und wilden Blumen geschmückt, als ob sie schliefe, und sooft die Männer ihre Fackeln schüttelten, konnten sie deutlich das schöne Gesicht der Schlummernden erkennen.

»Es ist Walpurgis heut«, flüsterte Alvarez nach einer kleinen Pause, »da sind die geheimen Fenster der Erde erleuchtet, daß man bis ins Zentrum schauen kann.« Aber Antonio hörte nicht, er starrte ganz versunken und unverwandt nach dem schönen Weibe hinab. »Vermaledeiter Hexensabbat ist's«, sagte der Hauptmann wieder, »Frau Venus ist's! In dieser Nacht alljährlich opfern sie ihr heimlich, *ein* Blick von ihr, wenn sie erwacht, macht wahnsinnig.« Antonio, so verwirrt er von dem Anblick war, ärgerte doch die Unwissenheit des Hauptmanns. »Was wollt Ihr?« entgegnete er leise, »die Frau Venus hat ja niemals auf Erden wirklich gelebt, sie war immer nur so ein Symbolum der heidnischen Liebe, gleichsam ein Luftgebild, eine Schimäre. Horatius sagt von ihr: ›Mater saeva cupidinum‹ –« – »Sprecht nicht lateinisch hier, das ist just ihre Muttersprache!« unterbrach ihn Alvarez heftig und riß den Studenten vom Abgrunde durch Hecken und Dornen mit sich fort. »Der Teufel«, sagte er, als sie schon eine Strecke fortgelaufen waren, »der Teufel – wollt' sagen: der – nun, Ihr wißt schon, man darf ihn heut nicht beim Namen nennen – der hat für jeden seine besondern Finten, unsereins faßt er geradezu beim Schopf, eh man sich's versieht, euch Gelehrte nimmt er säuberlich zwischen zwei Finger wie eine Prise Tabak.«

Unter diesem Diskurs stolperten sie, von Schweiß triefend, im Dunkeln über Stock und Stein, einmal kam's ihnen vor, als flöge eine Mädchengestalt über die Heide, aber der Hauptmann drückte fest die Ohren an. So waren sie in größter Eile, ohne es selbst zu bemerken, nach und nach schon wieder tief ins Tal hinabgekommen, als ihnen plötzlich ein: »Halt, wer da!« entgegenschallte. Da war es ihnen doch nicht anders, als ob sie eine Engelsposaune vom Himmel anbliese! »He, Landsmann, Kameraden, hollahoh!« schrie Alvarez aus vollem Halse; sie traten aus dem Wald und sahen nun die Schiffsmannschaft auf einer Wiese am Meere um Feldfeuer gelagert, die warfen so lustige Scheine über die Gestalten mit den wilden Bärten, breit aufgekrempten Hüten und langen Flinten, daß Antonio recht das Herz im Leibe lachte.

Alvarez aber, noch ganz verstört von der verworrenen Nacht, trat sogleich mitten unter die Überraschten und erzählte, wie sie eben aus dem Venusberge kämen und die Frau Venus auf diamantenem Throne gesehen hätten, was sie da erlebt, wollt er keinem wünschen, denn er müßte gleich toll werden darüber. – »Kerl, warum senkst du die Hellebarde nicht, wenn dein Hauptmann vor dir steht?« fuhr er dazwischen die Schildwache an, die sich neugierig ebenfalls genähert hatte. Der Soldat aber schüttelte den Kopf, als kennte er ihn nicht mehr. Da trat der Schiffsleutnant Sanchez keck aus dem Gedränge hervor, er trug das Hauptmannszeichen an seinem Hut. Es sei hier alles in guter Ordnung, sagte er zu Alvarez, er habe sie verlassen in der Not und Fremde, auch hätten sie sein Boot zertrümmert gefunden, da habe die Mannschaft nach Seegebrauch einen neuen Anführer gewählt, *er* sei jetzt der Hauptmann! »Was«, schrie Alvarez, »Hauptmann geworden, wie man einen Handschuh umdreht, wie ein Pilz über Nacht?« Der schlaue Sanchez aber lächelte sonderbar. »Über Nacht?« sagte er, »könnt Ihr etwa im Venusberg wissen, was es an der Zeit ist? Oho, wie lange denkt Ihr denn, daß Ihr fort gewesen, nun?« Alvarez war ganz betreten, die furchtbare Sage vom Venusberg fiel ihm jetzt erst recht aufs Herz, er traute sich selber nicht mehr. »Wißt Ihr denn nicht«, sagte Sanchez, ihm immer dreister unter das Gesicht tretend, »wißt Ihr nicht, daß mancher als schlanker Jüngling in den Venusberg gegangen und als alter Greis mit grauem Barte zurückgekommen und meint doch, er sei nur ein Stündlein oder vier zu Biere gewesen, und keiner im Dorfe kannte ihn mehr, und –« Wie er aber dem Alvarez so nahe trat, gab ihm dieser auf einmal eine so derbe Ohrfeige, daß der Hauptmannshut vom Kopfe fiel, denn er hatte sich unterdes rund umgesehen und wohl bemerkt, daß die andern kaum um ein paar Stunden älter geworden, seitdem er sie verlassen. Sanchez griff wütend nach seinem Degen, Alvarez auch, die andern drängten sich wild heran, einige wollten dem alten Hauptmann, andere dem neuen helfen. Da sprang Antonio mitten in den dichtesten Haufen, die Streitenden teilend. »Seid ihr Christen?« rief er, »blickt um euch her, auf was habt ihr eure Sach' gestellt, daß ihr so übermütig seid? Diese alten starren Felsen, die nur mit den

Wolken verkehren, fragen nichts nach euch und werden sich eurer nimmermehr erbarmen. Oder baut ihr auf die Nußschale, die da draußen auf den Wellen schwankt? Der Herr allein tut's! Er hat uns mit seinen himmlischen Sternen durch die Einsamkeit der Nächte nach einer fremden Welt herübergeleuchtet und geht nun im stillen Morgengrauen über die Felsen und Wogen, daß es wie Morgenglocken fern durch die Lüfte klingt, wer weiß, welchen von uns sie abrufen – und anstatt niederzusinken im Gebet, laßt ihr eure blutdürstigen Leidenschaften wie Hunde gegeneinander los, daß wir alle davon zerrissen werden.« – »Er hat recht!« sagte Alvarez, seinen Degen in die Scheide stoßend. Sanchez traute dem Alvarez nicht, doch hätte er auffahren mögen vor Ärger und wußte nicht, an wem er ihn auslassen sollte. »Ihr seid ein tapferer Ritter Rhetorio«, sagte er, »habt Ihr noch mehr so schöne Sermone im Halse?« – »Ja, um jeden frechen Narren damit zu Grabe zu sprechen«, entgegnete Antonio. »Oho«, rief Sanchez, »so müßt Ihr Feldpater werden, ich will Euch die Tonsur scheren, mein Degen ist just heute haarscharf.« Da fuhr Alvarez auf: wer dem Antonio ans Leder wolle, müsse erst durch seinen eigenen Koller hindurch. Aber Antonio hatte schon seinen Degen gezogen, trat mit zierlichem Anstande vor und sagte zum Leutnant, daß sie die Sache als Edelleute abmachen wollten. Alvarez und mehrere andere begleiteten nun die beiden weiter hin bis zum Saume des Waldes, die Schwerter wurden geprüft und der Kampfplatz mit feierlichem Ernst umschritten. Die Palmen steckten ihre langen Blätter und Fächer verwundert über die fremden Gesellen hinaus. Gar bald aber blitzte der Mond in den blanken Waffen, denn Sanchez griff sogleich an und verschwor sich im Fechten, Antonio solle seinen Degen hinunterschlucken bis an den Griff. Der Student aber wußte schöne Hiebe und Finten von der Schule zu Salamanca her, parierte künstlich, maß und stach und versetzte dem Prahlhans, ehe er sich's versah, einen Streich über den rechten Arm, daß ihm der Degen auf die Erde klirrte. Nun faßte Sanchez das Schwert mit der Linken und stürzte in blinder Wut von neuem auf seinen Gegner; er hätte sich selbst Antonios Degenspitze in den Leib gerannt, aber die andern unterliefen ihn schnell und warfen ihn rücklings zu Boden, denn jetzt erst bemerkten sie, daß er schwer betrunken war. In der Hitze des Kampfes hatte er völlig die Besinnung verloren, sie mußten ihn an die Lagerfeuer zurücktragen, wo sie nun seine Wunden verbanden. Da hielt er sich für tot und fing sich selber ein Grablied zu singen an, aber es wollte nicht stimmen, er sah ganz unkenntlich aus, bis er endlich umsank und fest einschlief. »Das ist gut, er hat die Rebellion mit seinem Blut wieder abgewaschen«, sagte Alvarez vergnügt, denn alle waren dem Leutnant gewogen, weil er Not und Lust brüderlich mit seinen Kameraden teilte und in der Gefahr allezeit der erste war.

Unterdes aber hatte die Schiffsmannschaft eilig bunte Zelte aufgeschlagen und plauderte und schmauste vergnügt. Antonio mußte auf viele Gesundheiten fleißig Bescheid tun, sie erklärten ihn alle für einen tüchtigen Kerl. Dazwischen schwirrte eine Zither vom letzten Zelte, der Schiffskoch spielte den Fandango, während einige Soldaten auf dem Rasen dazu tanzten. Von Zeit zu Zeit aber rief Alvarez den Schildwachen zu, auf ihrer Hut zu sein, denn weit in der Nacht hörte man zuweilen ein seltsames Rufen im fernen Gebirge. Nach einer Stunde etwa erwachte der Leutnant plötzlich und sah verwirrt bald seinen Arm an, bald in der fremden Runde umher, aber er verwunderte sich nicht lange, denn dergleichen war ihm oft begegnet. Vom Meere wehte nun schon die Morgenluft erfrischend herüber, ihn schauerte innerlich, da faßte er einen Becher mit Wein und tat einen guten Zug; dann sang er, noch halb im Taumel, und die andern stimmten fröhlich mit ein:

Ade, mein Schatz, du mochtst mich nicht,
Ich war dir zu geringe,
Und wenn mein Schiff in Stücken bricht,
Hörst du ein süßes Klingen,
Ein Meerweib singt, die Nacht ist lau,
Die stillen Wolken wandern,
Da denk an mich, 's ist meine Frau,
Nun such dir einen andern.

Ade, ihr Landsknecht', Musketier'!
Wir ziehn auf wildem Rosse,
Das bäumt und überschlägt sich schier
Vor manchem Felsenschlosse,
Lindwürmer links bei Blitzesschein,
Der Wassermann zur Rechten,

Der Haifisch schnappt, die Möwen schrein –
Das ist ein lustig Fechten!

Streckt nur auf eurer Bärenhaut
Daheim die faulen Glieder,
Gottvater aus dem Fenster schaut,
Schickt seine Sündflut wieder.
Feldwebel, Reiter, Musketier,
Sie müssen all ersaufen,
Derweil auf der »Fortuna« wir
Im Paradies einlaufen.

Hier wurden sie auf einmal alle still, denn zwischen den Morgenlichtern über der schönen Einsamkeit erschien plötzlich auf einem Felsen ein hoher Mann, seltsam in weite bunte Gewande gehüllt. Als er in der Ferne das Schiff erblickte, tat er einen durchdringenden Schrei, dann, beide Arme hoch in die Lüfte geschwungen, stürzte er durch das Dickicht herab und warf sich unten auf seine Knie auf den Boden, die Erde inbrünstig küssend. Nach einigen Minuten aber erhob er sich langsam und überschaute verwirrt den Kreis der Reisenden, die sich neugierig um ihn versammelt hatten, es war ein Greis von fast grauenhaftem verwilderten Ansehn. Wie erschraken sie aber, als er sie auf einmal spanisch anredete, wie einer, der die Sprache lange nicht geredet und fast vergessen hatte. »Ihr habt euch«, sagte er, »alle sehr verändert in der einen langen Nacht, daß wir uns nicht gesehen.« Darauf nannte er mehrere unter ihnen mit fremden Namen und erkundigte sich nach Personen, die ihnen gänzlich unbekannt waren.

Die Umstehenden bemerkten jetzt mit Erstaunen, daß sein Gewand aus europäischen Zeugen bunt zusammengeflickt war, um die Schultern hatte er phantastisch einen köstlichen, halb verblichenen Teppich wie einen Mantel geworfen. Sie fragten ihn, wer er sei und wie er hierhergekommen. Darüber schien der Unbekannte in ein tiefes Nachsinnen zu versinken. »In Valencia«, sagte er endlich halb für sich, leise und immer leiser sprechend, »in Valencia zwischen den Gärten, die nach dem Meere sich senken, da wohnt ein armes, schönes Mädchen, und wenn es Abend wird, öffnet sie das kleine Fenster und begießt ihre Blumen, da sang ich manche Nacht vor ihrer Tür. Wenn ihr sie wiederseht, sagt ihr – daß ich – sagt ihr –« Hier stockte er, starr vor sich hinsehend, und stand wie im Traume. Alvarez entgegnete, das Mädchen, wenn sie etwa seine Liebste gewesen, müsse nun schon hübsch alt oder längst gestorben sein. Da sah ihn der Fremde plötzlich mit funkelnden Augen an. »Das lügt Ihr«, rief er, »sie ist nicht tot, sie ist nicht alt!« – »Wer lügt?« entgegnete Alvarez ganz hitzig. »Elender«, erwiderte der Alte, »sie schläft nur jetzt, bei stiller Nacht erwacht sie oft und spricht mit mir. Ich dürfte nur ein einz'ges Wort ins Ohr ihr sagen, und ihr seid verloren, alle verloren.« – »Was will der Prahlhans?« fuhr Alvarez von neuem auf.

Sie wären gewiß hart aneinandergeraten, aber der Unbekannte hatte sich schon in die Klüfte zurückgewandt. Vergeblich setzten ihm die Kühnsten nach, er kletterte wie ein Tiger, sie mußten vor den entsetzlichen Abgründen stillstehen; nur einmal noch sahen sie seine Gewänder durch die Wildnis fliegen, dann verschlang ihn die Öde.

»Wunderbar«, sagte Antonio, ihm in Gedanken nachsehend, »es ist, als wäre er in dieser Einsamkeit in seiner Jugend eingeschlummert, den Wechsel der Jahre verschlafend, und spräch' nun irre aus der alten Zeit.« Hier wurden sie von einigen Schiffssoldaten unterbrochen, die währenddes einen Berggipfel erstiegen hatten und nun ihren Kameraden unten unablässig zuriefen und winkten. Alles kletterte eilfertig hinauf, auch Alvarez und Antonio folgten, und bald hörte man droben ein großes Freudengeschrei und sah Hüte, Degenkoppeln und leere Flaschen durcheinander in die Luft fliegen. Denn von dem vorspringenden Berge sahen sie auf einmal in ein weites gesegnetes Tal wie in einen unermeßlichen Frühling hinein. Blühende Wälder rauschten herauf, unter Kokospalmen standen Hütten auf luftigen Auen, von glitzernden Bächen durchschlängelt, fremde bunte Vögel zogen darüber wie abgewehte Blütenflocken. »Vivat der Herr Vizekönig Don Alvarez!« rief die Schiffsmannschaft jubelnd und hob den Hauptmann auf ihren Armen hoch empor. Dieser, auf ihren Schultern sich zurechtsetzend, nahm das lange Perspektiv und musterte zufrieden sein Land. Der Student Antonio aber saß doch noch höher zwischen den Blättern einer Palme, wo er mit den jungen Augen weit über Land und Meer sehen konnte. Es war ihm fast wehmütig zumute, als er in der stillen Morgenzeit unten Hähne krähen hörte und einzelne Rauchsäulen aufsteigen sah. Aber die Hähne krähten nicht in den Dörfern, sondern wild im Walde, und der Rauch stieg aus fernen Kratern, zur Warnung, daß sie auf unheimlichem vulkanischen Boden standen.

Plötzlich kam ein Matrose atemlos dahergerannt und erzählte, wie er tiefer im Gebirge auf Eingeborene gestoßen, die wären anfangs scheu und trotzig gewesen, auf seine wiederholten Fragen aber hätten sie ihn endlich an ihren König verwiesen und ihm das Schloß desselben in der Ferne gezeigt. – Er führte die andern sogleich höher zwischen den Klippen hinauf, und sie erblickten nun wirklich gegen Osten hin wunderbare Felsen am Strande, seltsam zerrissen und gezackt gleich Türmen und Zinnen. Unten schien ein Garten wie ein bunter Teppich sich auszubreiten, von dem Felsen aber blitzte es in der Morgensonne, sie wußten nicht, waren es Waffen oder Bäche; der Wind kam von dort her, da hörten sie es zuweilen wie ferne Kriegsmusik durch die Morgenluft herüberklingen.

Einige meinten, man müsse den wilden Landsmann wieder aufsuchen, als Wegweiser und Dolmetsch, aber wer konnte ihn aus dem Labyrinth des Gebirges herausfinden, auch schien es töricht, sich einem Wahnsinnigen zu vertrauen, denn für einen solchen hielten sie alle den wunderlichen Alten. Alvarez beschloß daher, die Verwegensten zu einer bewaffneten feierlichen Gesandtschaft auszuwählen, er selbst wollte sie gleich am folgenden Morgen zu der Residenz des Königs führen, dort hofften sie nähere Auskunft von der Natur und Beschaffenheit des Landes und vielleicht auch über den rätselhaften Spanier zu erhalten.

Das war den abenteuerlichen Gesellen eben recht, sie schwärmten nun in aller Eile wieder den Berg hinab, und bald sah man ihr Boot zwischen dem Schiffe und dem Ufer hin und her schweben, um alles Nötige zu der Fahrt herbeizuholen. Auf dem Lande aber wurde das kleine Lager schleunig mit Wällen umgeben, einige fällten Holz zu den Palisaden, andere putzten ihre Flinten, Alvarez stellte die Wachen aus, alles war in freudigem Alarm und Erwartung der Dinge, die da kommen sollten. – Mitten in diesen Vorbereitungen saß Antonio in seinem Zelt und arbeitete mit allem Fleiß eine feierliche Rede aus, die der Hauptmann morgen an dem wilden Hofe halten wollte. Der Abend dunkelte schon wieder, draußen hörte er nur noch die Stimmen und den Klang der Äxte im Wald, seine Rede war ihm zu seiner großen Zufriedenheit geraten, er war lange nicht so vergnügt gewesen.

Die Sonne ging eben auf, das ganze Land schimmerte wie ein stiller Sonntagsmorgen, da hörte man ein Kriegslied von ferne herüberklingen, eine weiße Fahne mit dem kastilianischen Wappen flatterte durch die grüne Landschaft. Don Alvarez war's, der zog schon so früh mit dem Häuflein, das er zu der Ambassade ausgewählt, nach der Richtung ins Blaue hinein, wo sie gestern die Residenz des Königs erblickt hatten. Die Schalksnarren hatten sich zu dem Zuge auf das allervortrefflichste ausgeputzt. Voran mit der Fahne schritt ein Trupp Soldaten, die Morgensonne vergoldete ihnen lustig die Bärte und flimmerte in ihren Hellebarden, als hätten sich einige Sterne im Morgenrot verspätet. Ihnen folgten mehrere Matrosen, welche auf einer Bahre die für den König bestimmten Geschenke trugen: Pfannen, zerschlagene Kessel und was sonst die Armut an altem Gerümpel zusammengefegt. Darauf kam Alvarez selbst. Er hatte, um sich bei den Wilden ein vornehmes Ansehen zu geben, den Schiffsesel bestiegen, eine große Allongeperücke aufgesetzt und einen alten weiten Scharlachmantel umgehängt, der ihn und den Esel ganz bedeckte, so daß es aussah, als ritt' der lange hagre Mann auf einem Steckenpferde über die grüne Au'. Der dicke Schiffskoch aber war als Page ausgeschmückt, der hatte die größte Not, denn der frische Seewind wollte ihm alle Augenblick' das knappe Federbarett vom Kopfe reißen, während der Esel von Zeit zu Zeit gelassen einen Mundvoll frischer Kräuter nahm. Antonio ging als Dolmetsch neben Alvarez her, denn er hatte schon zu Hause die indischen Sprachen mit großem Fleiße studiert. Alvarez aber zankte in einem fort mit ihm; er wollte in die Rede, die er soeben memorierte, noch mehr Figuren und Metaphern haben, gleichsam einen gemalten Schnörkel vor jeder Zeile. Dem Antonio aber fiel durchaus nichts mehr ein, denn der steigende Morgen vergoldete rings um sie her die Anfangsbuchstaben einer wunderbaren unbekannten Schrift, daß er innerlich still wurde vor der Pracht.

Ihre Fahrt ging längs der Küste fort, bald sahen sie das Meer über die Landschaft leuchten, bald waren sie wieder in tiefer Waldeinsamkeit. Der rüstige Sanchez streifte unterdes jägerhaft umher.

Kaum hatte der Zug die Gebirgsschluchten erreicht, als ein Wilder, im Dickicht versteckt, in eine große Seemuschel stieß. Ein zweiter gab Antwort und wieder einer, so lief der Schall plötzlich von Gipfel zu Gipfel über die ganze Insel, daß es tief in den Bergen widerhallte. Bald darauf sahen sie's hier und da im Walde aufblitzen, bewaffnete Haufen mit hellen Speeren und Schilden brachen in der Ferne aus dem Gebirge wie Waldbäche und schienen alle auf einen Punkt der Küste zuzueilen. Antonio klopfte das Herz bei dem unerwarteten Anblick. Sanchez aber schwenkte seinen Hut in der Morgenluft vor Lust. So rückte die Gesandtschaft unerschrocken fort; die Hütten, die sie seitwärts in der Ferne sahen, schienen verlassen, die Gegend wurde immer höher und wilder. Endlich, um eine Bergesecke biegend, erblickten sie plötzlich das Ziel ihrer Wanderschaft: den senkrechten Fels mit seinen wunderlichen Bogen, Zacken und Spitzen, von Bächen zerrissen, die sich durch die Einsamkeit herabstürzten, dazwischen saßen braune Gestalten, so still, als wären sie selber von Stein, man hörte nichts als das Rauschen der Wasser und jenseits die Brandung im Meere. In demselben Augenblick aber tat es einen durchdringenden Metallklang wie auf einen großen Schild, alle die Gestalten auf den Klippen sprangen plötzlich rasselnd mit ihren Speeren auf, und rasch zwischen dem Waldesrauschen, den Bächen und Zacken stieg ein junger, hoher, schlanker Mann herab mit goldenen Spangen, den königlichen Federmantel um die Schultern und einen bunten Reiherbusch auf dem Haupt wie ein Goldfasan. Er sprach noch im Herabkommen mit den andern und rief den Spaniern gebieterisch zu. Da aber niemand Antwort gab, blieb er, auf seine Lanze gestützt, vor ihnen stehen. Alvarez' Perücke schien ihm besonders erstaunlich, er betrachtete sie lange unverwandt, man sah fast nur das Weiße in seinen Augen.

Antonio war ganz konfus, denn zu seinem Schrecken hatte er schon bemerkt, daß er trotz seiner Gelehrsamkeit kein Wort von des Königs Sprache verstand. Der unverzagte Alvarez aber fragte nach nichts, er ließ die Tragbahre mit dem alten Gerümpel dem Könige vor die Füße setzen, rückte sich auf seinem Esel zurecht und hielt sogleich mit großem Anstande seine wohlverfaßte Anrede, während einige andere hinten feierlich die Zipfel seines Scharlachmantels hielten. Da konnte sich der König endlich nicht länger überwinden, er rührte neugierig mit seinem Speer an Alvarez' Perücke, sie ließ zu seiner Verwunderung und Freude wirklich vom Kopfe des Redners los, und mit leuchtenden Augen zurückgewandt, wies er sie hoch auf der Lanze seinem Volke. Ein wildes Jauchzen erfüllte die Luft, denn ein großer Haufe brauner Gestalten hatte sich unterdes nachgedrängt, Speer an Speer, daß der ganze Berg wie ein ungeheurer Igel anzusehen war.

Der König hatte unterdes gewinkt, einige Wilde traten mit großen Körben heran, der König griff mit beiden Händen hinein und schüttete auf einmal Platten, Körner und ganze Klumpen Goldes auf seine erstaunten Gäste aus, daß es lustig durcheinanderrollte. Da sah man in dem unverhofften Goldregen plötzlich ein Streiten und Jagen unter den Spaniern, jeder wollte alles haben, und je mehr sie lärmten und zankten, je mehr warf der König aus, ein spöttisches Lächeln zuckte um seinen Mund, daß seine weißen Zähne manchmal hervorblitzten wie bei einem Tiger. Währenddes aber schwärmten die Eingeborenen von beiden Seiten aus den Schluchten hervor, mit ihren Schilden und Speeren die Raufenden wild umtanzend.

Da war Alvarez der erste, der sich schnell besann. »Ehre über Gold, und Gott über alles!« rief er, seinen Degen ziehend, und stürzte in den dicken Knäuel der Seinigen, um sie mit Gewalt auseinanderzuwirren. »Christen«, schrie er, »wollt ihr euch vom Teufel mit Gold mästen lassen, damit er euch nachher die Hälse umdreht wie Gänsen? Seht ihr nicht, wie er mit seiner Leibgarde den Ring um euch zieht?« Aber der Teufel hatte sie schon verblendet; um nichts von ihrem Golde zurückzugeben, entflohen sie einzeln vor dem Hauptmann, sich im Walde verlaufend mit den lächerlich vollgepfropften Taschen. Nur einige alte Soldaten sammelten sich um Alvarez und den Leutnant. Die Eingeborenen stutzten, da sie die bewegliche Burg und die Musketen plötzlich zielend auf sich gerichtet sahen, sie schienen den Blitz zu ahnden, der an den dunkeln Röhren hing, sie blieben zaudernd stehen. So entkam der Hauptmann mit seinen Getreuen dem furchtbaren Kreise der Wilden, ehe er sich noch völlig hinter ihnen geschlossen hatte.

In der Eile aber hatte auch dieses Häuflein den ersten besten Pfad eingeschlagen und war, ohne es zu bemerken, immer tiefer in den Wald geraten. Der nahm kein Ende, die Sonne brannte auf die nackten Felsen, und als sie sich endlich senkte, hatten sie sich gänzlich verirrt. Jetzt brach die Nacht herein, ein schweres Gewitter, das lange in der Ferne über dem Meere gespielt, zog über das Gebirge; den armen Antonio hatten sie gleich beim Anbruch der Dunkelheit verloren. So stoben sie wie zerstreute Blätter im Sturme durch die schreckliche Nacht, nur die angeschwollenen Bäche rauschten zornig in der Wildnis, dazwischen das blendende Leuchten der Blitze, das Schreien der Wilden und die Signalschüsse der Verirrten aus der Ferne. »Horcht«, sagte Sanchez, »das klingt so hohl unter den Tritten, als ging' ich über mein Grab, und die Wetter breiten sich drüber wie schwarze Bahrtücher, mit feurigen Blumen durchwirkt, das wär ein schönes Soldatengrab!« – »Schweig«, fuhr ihn Alvarez an, »wie kommst du jetzt darauf?« –

»Das kommt von dem verdammten Trinken«, entgegnete Sanchez, »da werd ich zuzeiten so melancholisch darnach.« Er sang:

Und wenn es einst dunkelt,
Der Erd' bin ich satt,
Durchs Abendrot funkelt
Eine prächtige Stadt;
Von den goldenen Türmen
Singet der Chor,
Wir aber stürmen
Das himmlische Tor!

»Was ist das!?« rief plötzlich ein Soldat. Sie sahen einen Fremden mit bloßem Schwerte durch die Nacht auf sich zustürzen, sein Mantel flatterte weit im Winde. – Beim Glanz der Blitze erkannten sie ihren wahnsinnigen Landsmann wieder. »Halloh!« rief ihm Sanchez freudig entgegen, »hat dich der Lärm und das Schießen aus deinen Felsenritzen herausgelockt, kannst du das Handwerk nicht lassen?« Der Alte aber, scheu zurückblickend, ergriff hastig die Hand des Leutnants und drängte alle geheimnisvoll und wie in wilder Flucht mit sich fort. »Noch ist es Zeit«, sagte er halbleise, »ich rette euch noch, nur rasch, rasch fort, es brennt, seht, wie die blauen Flämmchen hinter mir aus dem Boden schlagen, wo ich trete!« – »Führ uns ordentlich und red nicht so toll in der verrückten Nacht!« entgegnete Alvarez ärgerlich. Da leuchtete ein Blitz durch des Alten fliegendes Haar. Er blieb stehen und zog die Locken über das Gesicht durch seine weit ausgespreizten Finger. »Grau, alles grau geworden in *einer* Nacht«, sagte er mit schmerzlichem Erstaunen, »aber es könnte noch alles gut werden«, setzte er nach einem Augenblick hinzu, »wenn sie mich nur nicht immer verfolgte.« – »Wo? Wer?« fragte Sanchez. »Die grausilberne Schlange«, erwiderte der Alte heimlich und riß die Erstaunten wieder mit sich durch das Gestein. Plötzlich aber schrie er laut auf: »Da ist sie wieder!« – Alles wandte sich erschrocken um. – Er meinte den Strom, der, soeben tief unter dem Felsen vorüberschießend, im Wetterleuchten heraufblickte. – Ehe sie sich aber noch besannen, flog der Unglückliche schon durch das Dickicht fort, die Haare stiegen ihm vor Entsetzen zu Berge, so war er ihnen bald in der Dunkelheit zwischen den Klüften verschwunden.

Währenddes irrte Antonio verlassen im Gebirge umher. In der Finsternis war er unversehens von den Seinigen abgekommen. Als er's endlich bemerkte, waren sie schon weit; da hörte er plötzlich wieder Tritte unter sich und eilte darauf zu, bis er mit Schrecken gewahr wurde, daß es Eingeborene waren, die hastig und leise, als hätten sie einen heimlichen Anschlag, vorüberstreiften, ohne ihn zu sehen. Ihn schauerte, und doch war's ihm eigentlich recht lieb so. Er dachte übers Meer nach Hause, wie nun alle dort ruhig schliefen und nur die Turmuhr über dem mondbeschienenen Hof schlüge und die Bäume dunkel rauschten im Garten. Wie grauenhaft waren ihm da vom Balkon oft die Wolken vorgekommen, die über das stille Schloß gingen, wie Gebirge im Traum. Und jetzt stand er wirklich mitten in dem Wolkengebirge, so rätselhaft sah hier alles aus in dieser wilden Nacht! »Nur zu, blas nur immer zu, blinder Sturm, glühet, ihr Blitze!« rief er aus und schaute recht zufrieden und tapfer umher, denn alles Große ging durch seine Seele, das er auf der Schule aus den Büchern gelernt: Julius Cäsar, Brutus, Hannibal und der alte Cid. – Da brannte ihn plötzlich sein Gold in der Tasche, auch er hatte sich nicht enthalten können, in dem Goldregen mit seinem Hütlein einige Körner aufzufangen. – »Frei vom Mammon will ich schreiten auf dem Felde der Wissenschaft«, sagte er und warf voll Verachtung den Goldstaub in den Sturm, es gab kaum einen Dukaten, aber er fühlte sich noch einmal so leicht.

Unterdes war das Gewitter rasch vorübergezogen, der Wind zerstreute die Wolken wie weiße Nachtfalter in wildem Fluge über den ganzen Himmel, nur tief am Horizont noch schweiften die Blitze, die Nacht ruhte ringsher auf den Höhen aus. Da fühlte Antonio erst die tiefe Einsamkeit, verwirrt eilte er auf den verschlungenen Pfaden durch das Labyrinth der Klippen lange fort. Wie erschrak er aber, als er auf einmal in derselben Gegend herauskam, aus der sie am Morgen entflohen. Der Fels des Königs mit seinen seltsamen Schluften und Spitzen stand wieder vor ihm, nur an einem andern Abhange desselben schien er sich zu befinden. Jetzt aber war alles so stumm dort, die Wellen plätscherten einförmig, riesenhaftes Unkraut bedeckte überall wildzerworfenes Gemäuer. – Antonio sah sich zögernd nach allen Seiten um. Schon gestern hatten ihn die Mauertrümmer, die fast wie Leichensteine aus dem Grün hervorragten, rätselhaft verlockt. Jetzt konnte er nicht länger widerstehen, er zog heimlich seine Schreibtafel hervor, um den kostbaren Schatz von Inschriften und Bilderzeichen, die er dort vermutete, wie im Fluge zu erheben.

Da aber wurde er zu seinem Erstaunen erst gewahr, daß er eigentlich mitten in einem Garten stand. Gänge und Beete, mit Buchsbaum eingefaßt, lagen umher, eine Allee führte nach dem Meere hin, die Kirschbäume standen in voller Blüte. Aber die Beete waren verwildert, Rehe weideten auf den einsamen Gängen, an den Bäumen schlangen sich üppige Ranken wild bis über die Wipfel hinaus, von wunderbaren hohen Blumen durchglüht. Seitwärts standen die Überreste einer verfallenen Mauer, die Sterne schienen durch das leere Fenster, in dem Fensterbogen schlief ein Pfau, den Kopf unter die schimmernden Flügel versteckt.

Antonio wandelte wie im Traum durch die verwilderte Pracht, kein Laut rührte sich in der ganzen Gegend, da war es ihm plötzlich, als sähe er fern am andern Ende der Allee jemand zwischen den Bäumen gehen, er hielt den Atem an und blickte noch einmal lauschend hin, aber es war alles wieder still, es schien nur ein Spiel der wankenden Schatten. Da kam er endlich in eine dunkle Laube, die der Wald sich selber lustig gewoben, das schien ihm so heimlich und sicher, er wollt nur einen Augenblick rasten und streckte sich ins hohe Gras. Ein würziger Duft wehte nach dem Regen vom Walde herüber, die Blätter flüsterten so schläfrig in der leisen Luft, müde sanken ihm die Augen zu.

Die wunderbare Nacht aber sah immerfort in seinen Schlaf hinein und ließ ihn nicht lange ruhen, und als er erwachte, hörte er mit Schrecken neben sich atmen. Er wollte rasch aufspringen, aber zwei Hände hielten ihn am Boden fest. Beim zitternden Mondesflimmer durchs Laub glaubte er eine schlanke Frauengestalt zu erkennen. »Ich wußte es wohl, daß du kommen würdest«, redete sie ihn in spanischer Sprache an. »So bist du eine Christin?« fragte er ganz verwirrt. Sie schwieg. – »Hast du mich denn schon jemals gesehen?« – »Gestern nachts bei unserm Fest«, erwiderte sie, »du warst allein mit eurem Seekönig.« Eine entsetzliche Ahnung flog durch Antonios Seele, er mühte sich in der Finsternis vergeblich, ihre Züge zu erkennen, draußen gingen Wolken wechselnd vorüber, zahllose Johanniswürmchen umkreisten leuchtend den Platz. – Da hörte er fern von den Höhen einen schönen männlichen Gesang. »Wer singt da?« fragte er erstaunt. »Still, still«, erwiderte die Unbekannte, »laß den nur in Ruh'. Hier bist du sicher, niemand besucht diesen stillen Garten mehr, sonst war es anders« – dann sang sie selber wie in Gedanken:

Er aber ist gefahren
Weit übers Meer hinaus,
Verwildert ist der Garten,
Verfallen liegt sein Haus.

Doch nachts im Mondenglanze
Sie manchmal noch erwacht,
Löst von dem Perlenkranze
Ihr Haar, das wallt wie Nacht.

So sitzt sie auf den Zinnen,
Und über ihr Angesicht
Die Perlen und Tränen rinnen,
Man unterscheid't sie nicht.

Da teilte ein frischer Wind die Zweige, im hellen Mondlicht erkannte Antonio plötzlich die »Frau Venus« wieder, die sie gestern nachts schlummernd in der Höhle gesehen, ihre eigenen Locken wallten wie die Nacht. – Ein Grauen überfiel ihn, er merkte erst jetzt, daß er unter glühenden Mohnblumen wie begraben lag. Schauernd sprang er empor und schüttelte sich ab, sie wollte ihn halten, aber er riß sich von ihr los. Da tat sie einen durchdringenden Schrei, daß es ihm durch Mark und Bein ging, dann hörte er sie in herzzerreißender Angst rufen, schelten und rührend flehen.

Aber er war schon weit fort, der Gesang auf den Höhen war verhallt, die Wälder rauschten ihm wieder erfrischend entgegen, hinter ihm versank allmählich das schöne Weib, das Meer und der Garten, nur zuweilen noch hörte er ihre Klagen wie das Schluchzen einer Nachtigall von ferne durch den Wind herüberklingen.

Du sollst mich doch nicht fangen,
Duftschwüle Zaubernacht!
Es stehn mit goldnem Prangen
Die Stern' auf stiller Wacht
Und machen überm Grunde,

Wo du verirret bist,
Getreu die alte Runde,
Gelobt sei Jesus Christ!

Wie bald in allen Bäumen
Geht nun die Morgenluft,
Sie schütteln sich in Träumen,
Und durch den roten Duft
Eine fromme Lerche steiget,
Wenn alles still noch ist,
Den rechten Weg dir zeiget –
Gelobt sei Jesus Christ!

So sang es im Gebirge, unten aber standen zwei spanische Soldaten fast betroffen unter den Bäumen, denn es war ihnen, als ginge ein Engel singend über die Berge, um den Morgen anzubrechen. Da stieg ein Wanderer rasch zwischen den Klippen herab, sie erkannten zu ihrer großen Freude den Studenten Antonio, er schien bleich und verstört. »Gott sei Dank, daß Ihr wieder bei uns seid!« rief ihm der eine Soldat entgegen. »Ihr hättet uns beinah konfus gemacht mit Eurem Gloria«, meinte der andere, »Ihr habt eine gute geistliche Kehle. Wo kommt Ihr her?« – »Aus einem tiefen Bergwerke«, sagte Antonio, »wo mich der falsche Flimmer verlockt – wie so unschuldig ist hier draußen die Nacht!« – »Bergwerk? Wo habt Ihr's gefunden?« fragten die Soldaten mit hastiger Neugier. »Wie, sprach ich von einem Bergwerk?« erwiderte Antonio zerstreut, »wo sind wir denn?« Die Soldaten zeigten über den Wald, dort läge ihr Landungsplatz. Sie erzählten ihm nun, wie die zersprengte Gesandtschaft unter großen Mühseligkeiten endlich wieder das Lager am Strande erreicht. Da habe der brave Alvarez, da er den Antonio dort nicht gefunden, sie beide zurückgeschickt, um ihn aufzusuchen, und wenn sie jeden Stein umkehren und jede Palme schütteln sollten. Antonio schien wenig darauf zu hören. Die Soldaten aber meinten, es sei diese Nacht nicht geheuer im Gebirge, sie nahmen daher den verträumten Studenten ohne weiteres in ihre Mitte und schritten rasch mit ihm fort.

So waren sie in kurzer Zeit bei ihren Zelten angelangt. Dort stand Alvarez wie ein Wetterhahn auf dem frisch aufgeworfenen Erdwall, vor Ungeduld sich nach allen Winden drehend. Er schimpfte schon von weitem, da er endlich den Verirrten ankommen sah. »Ein Weltentdecker«, sagte er, »muß den Kompaß in den Füßen haben, in der Wildnis bläst der Sturm die Studierlampe aus, da schlägt ein kluger Kopf sich Funken aus den eigenen Augen. Was da Logik und Rhetorik! Sie hätten deinen Kopf aufgefressen mit allen Wissenschaften drin, aber ich hatt's ihnen zugeschworen, sie mußten zum Nachtisch alle unsere bleiernen Pillen schlucken oder meine eignen alten Knochen nachwürgen. Du bist wohl recht verängstigt und müde, armer Junge, Gott, wie du aussiehst!« Nun ergriff er den Studenten vor Freuden beim Kopf, strich ihm die vollen braunen Locken aus der Stirn und führte ihn eilig ins Lager in sein eignes Zelt, wo er sich sogleich auf eine Matte hinstrecken mußte. Im Lager aber war schon ein tiefes Schweigen, die müden Gesellen lagen schlafend wie Tote umher. Nur der Leutnant Sanchez wollte diese Nacht nicht mehr schlafen noch ruhen, er saß auf den zusammengelegten Waffen der Mannschaft; eine Flasche in der Hand, trank er auf eine fröhliche Auferstehung, der Nachtwind spielte mit der roten Hahnfeder auf seinem Hut, der ihm verwegen auf einem Ohr saß; er war wahrhaftig schon wieder berauscht. Antonio mußte nun seine Abenteuer erzählen. Er berichtete verworren und zerstreut, in seinem Haar hing noch eine Traumblume aus dem Garten. Alvarez blieb dabei, das Frauenzimmer sei die Frau Venus gewesen und jene Höhle, die sie in der Walpurgisnacht entdeckt, der Eingang zum Venusberge. Sanchez aber rückte immer näher, während er hastig ein Glas nach dem andern hinunterstürzte; er fragte wunderlich nach der Lage der Höhle, nach dem Wege dahin, sie mußten ihm alles ausführlich beschreiben. – Auf einmal war er heimlich verschwunden.

Der Abenteurer schlich sich sacht und vorsichtig durch die schläfrigen Posten, über dem Gespräch hatte ihn plötzlich das Gelüsten angewandelt, den dunklen Vorhang der phantastischen Nacht zu lüften – er wollte die Frau Venus besuchen. Er hatte sich Felsen, Schlünde und Stege aus Alvarez' Rede wohl gemerkt, es traf alles wunderbar zu. So kam er in kurzer Zeit an das stille Tal. Ein schmaler Felsenpfad führte fast unkenntlich zwischen dem Gestrüpp hinab, die Sterne schienen hell über den Klippen, er stieg im trunknen Übermut in den Abgrund. Da brach plötzlich ein Reh neben ihm durch das Dickicht, er zog schnell seinen Degen. »Hoho, Ziegenbock!« rief er, »hast du die Hexe abgeworfen, die zu meiner Hochzeit ritt! Das ist eine bleiche, schläfrige

Zeit zwischen Morgen und Nacht, da schauern die Toten und schlüpfen in ihre Gräber, daß man die Leichentücher durchs Laub streichen hört. Wo sich eine verspätet beim Tanz, ich greif sie, sie soll meine Brautjungfer sein. – Zum Teufel, red vernehmlicher, Waldeinsamkeit! Ich kenn ja dein Lied aus alter Zeit, wenn wir auf wilder Freite in Flandern nachts an den Wällen lagen vor mancher schönen Stadt, die von den schlanken Türmen mit ihrem Glockenspiele durch die Luft musizierte. Die Sterne löschen schon aus, wer weiß, wer sie wiedersieht! – Nur leise, sacht zwischen den Werken, in den Laufgräben fort! Die Wolken wandern, die Wächter schlafen auf den Wällen, in ihre grauen Mäntel gehüllt, sie tun, als wären sie von Stein. – Verfluchtes Grauen, ich seh dich nicht, was hauchst du mich so kalt an, ich ringe mit dir auf der Felsenwand, du bringst mich nicht hinunter!«

Jetzt stand er auf einmal vor der Kluft, die Alvarez und Antonio in jener Nacht gesehen. Es war die erste geheimnisvolle Morgenzeit, in dem ungewissen Zwielicht erblickte er die junge schlanke Frauengestalt, ganz wie sie ihm beschrieben worden, auf dem Moosbett in ihrem Schmucke schlummernd, den schönen Leib von ihren Locken verdeckt. Alte, halb verwitterte Fahnen, wie es schien, hingen an der Wand umher, der Wind spielte mit den Lappen, hinten in der Dämmerung, den Kopf vornübergebeugt, saß es wie eine eingeschlafene Gestalt.

»Es ist die höchste Zeit«, flüsterte Sanchez ganz verblendet, »sonst versinkt alles wieder, schon hör ich Stimmen gehn. Wie oft schon sah ich im Wein ihr Bild, das war so schön und wild in des Bechers Grund. Einen Kuß auf ihren Mund, so sind wir getraut, eh der Morgen graut.« So taumelte der Trunkene nach der Schlummernden hin, er fuhr schauernd zusammen, als er sie anfaßte, ihre Hand war eiskalt. Im Gehen aber hatte er sich mit den Sporen in die Trümmer am Boden verwickelt, eine Rüstung an der Wand stürzte rasselnd zusammen, die alten Fahnen flatterten im Wind, bei dem Dämmerschein war's ihm, als rührte sich alles und dunkle Arme wänden sich aus der Felswand. Da sah er plötzlich im Hintergrunde den schlafenden Wächter sich aufrichten, daß ihn innerlich grauste. An dem irren funkelnden Blick glaubte er den alten wahnsinnigen Spanier wiederzuerkennen, der warf, ohne ein Wort zu sagen, seinen weiten Mantel über die Schultern zurück, ergriff das neben ihm stehende Schwert und drang mit solcher entsetzlichen Gewalt auf ihn ein, daß Sanchez kaum Zeit hatte, seine wütenden Streiche aufzufangen. Bei dem Klange ihrer Schwerter aber fuhren große scheußliche Fledermäuse aus den Felsenritzen und durchkreisten mit leisem Fluge die Luft, graue Nebelstreifen dehnten und reckten sich wie Drachenleiber verschlafen an den Wipfeln, dazwischen wurden Stimmen im Walde wach, bald hier, bald dort, eine weckte die andre, aus allen Löchern, Hecken und Klüften stieg und kroch es auf einmal, wilde dunkle Gestalten im Waffenschmuck, und alles stürzte auf Sanchez zusammen. »Nun, nun, steht's so!?« rief der verzweifelte Leutnant, »laß mich los, alter Narr mit deinem verwitterten Bart! Das ist keine Kunst, so viele über einen. Schickt mir euern Meister selber her, es gelüstet mich recht, mit ihm zu fechten! Aber der Teufel hat keine Ehre im Leibe. Ihr höllisches Ungeziefer, nur immer heraus vor meine christliche Klinge! Nur immer zu, ich hau mich durch!« So, den Degen in der Faust, wich er, wie ein gehetztes Wild, kämpfend von Stein zu Stein, das einsame Felsental hallte von den Tritten und Waffen, im Osten hatte der Morgen schon wie ein lustiger Kriegsknecht die Blutfahne ausgehangen.

Im Lager flackerten unterdes nur noch wenige Wachtfeuer, halb erlöschend, eine Gestalt nach der andern streckte sich in der Morgenkühle, einige saßen schon wach auf ihrem Mammon und besprachen das künftige Regiment der Insel. Plötzlich riefen draußen die Schildwachen an, sie hatten Lärm im Gebirge gehört. Jetzt vermißte man erst den Leutnant. Alles sprang bestürzt zu den Waffen, keiner wußte, was das bedeuten könnte. Der Lärm aber, als sie so voller Erwartung standen, ging über die Berge wie ein Sturm wachsend immer näher, man konnte schon deutlich dazwischen das Klirren der Waffen unterscheiden. Da, im falben Zwielicht, sahen sie auf einmal den Sanchez droben aus dem Walde dahersteigen, bleich und verstört, mit den Geistern fechtend. Hinter ihm drein aber toste eine wilde Meute, es war, als ob aller Spuk der Nacht seiner blutigen Fährte folgte. Sein Frevel, wie es schien, hatte das dunkle Wetter, das schon seit gestern grollend über den Fremden hing, plötzlich gewendet, von allen Höhen stürzten bewaffnete Scharen wie reißende Ströme herab, der Klang der Schilde, das Schreien und der Widerhall zwischen den Felsen verwirrte die Stille, und bald sahen sich die Spanier von allen Seiten umzingelt. »Macht dem Leutnant Luft!« rief Alvarez und warf sich mit einigen Soldaten mitten in den dicksten Haufen. Schon hatten sie den Sanchez gefaßt und führten den Wankenden auf einen freien Platz am Meer, aber zu spät, von vielen Pfeilen durchbohrt, brach er neben seinen

Kameraden auf dem Rasen zusammen – sein Wort war gelöst, er hatte sich wacker durchgeschlagen.

Bei diesem Anblick ergriff alle eine unsägliche Wut, keiner dachte mehr an sich im Schmerz, sie mähten sich wie die Todesengel in die dunkeln Scharen hinein, Alvarez und Antonio immer tapfer voran. Da erblickten sie auf einmal ihren wahnsinnigen Landsmann, mitten durch das Getümmel mit dem Schwert auf sie eindringend. Vergebens riefen sie ihm warnend zu – er stürzte sich selbst in ihre Speere, ein freudiges Leuchten ging über sein verstörtes Gesicht, daß sie ihn fast nicht wiedererkannten, dann sahen sie ihn taumeln und mit durchbohrtem Herzen tot zu Boden sinken. – Ein entsetzliches Rachegeschrei erhob sich über dem Toten, die Wilden erneuerten mit verdoppeltem Grimm ihren Angriff, es war, als stünden die Erschlagenen hinter ihnen wieder auf, immer neue scheußliche Gestalten wuchsen aus dem Blut, schon rannten sie jauchzend nach dem Strand, um die Spanier von ihrem Schiffe abzuschneiden. Jetzt war die Not am höchsten, ein jeder befahl sich Gott, die Spanier fochten nicht mehr für ihr Leben, nur um einen ehrlichen Soldatentod. – Da ging es auf einmal wie ein Schauder durch die unabsehliche feindliche Schar, alle Augen waren starr nach dem Gebirge zurückgewandt. Auch Antonio und Alvarez standen ganz verwirrt mitten in der blutigen Arbeit. Denn zwischen den Palmenwipfeln in ihrem leuchtenden Totenschmucke kam die Frau Venus, die wilden Horden teilend, von den Felsen herab. Da stürzten plötzlich die Eingeborenen wie in Anbetung auf ihr Angesicht zur Erde, die Spanier atmeten tief auf, es war auf einmal so still, daß man die Wälder von den Höhen rauschen hörte.

Indem sie aber noch so staunend stehn, tritt die Wunderbare mitten unter sie, ergreift Sanchez' Mantel, den sie seltsam um ihren Leib schlägt, und befiehlt ihnen, sich rasch in das Boot zu werfen, ehe der Zauber gelöst. Darauf umschlingt sie Antonio, halb drängt, halb trägt sie ihn ins Boot hinein, die andern, ganz verdutzt, bringen eiligst Sanchez' Leichnam nach, alles stürzt in die Barke. So gleiten sie schweigend dahin, schon erheben sich einzelne Gestalten wieder am Ufer, ein leises Murmeln geht wachsend durch die ganze furchtbare Menge, da haben sie glücklich ihr Schiff erreicht. Dort aber faßt die Unbekannte sogleich das Steuer, die stille See spiegelt ihr wunderschönes Bild, ein frischer Wind vom Lande schwellt die Segel, und als die

Sonne aufgeht, lenkt sie getrost zwischen den Klippen in den Glanz hinaus.

Die Spanier wußten nicht, wie ihnen geschehen. Als sie sich vom ersten Schreck erholt, gedachten sie erst ihrer Goldklumpen wieder, die sie auf der Insel zurückgelassen. Da fuhren sie denn wieder so arm und lumpig von dannen, wie sie gekommen. »Der Teufel hat's gegeben, der Teufel hat's genommen«, sagte der spruchreiche Alvarez verdrießlich. Darüber aber hatten sie den armen Sanchez fast vergessen, der auf dem Verdeck unter einer Fahne ruhte. Alvarez beschloß nun, vor allem andern ihm die letzte Ehre anzutun, wie es einem tapfern Seemann gebührte. Er berief sogleich die ganze Schiffsmannschaft, die einen stillen Kreis um den Toten bildete, dann trat er in die Mitte, um die Leichenrede zu halten. »Seht da den gewesenen Leutnant«, sagte er, »nehmt euch ein Exempel dran, die ihr immer meint, Unkraut verdürb' nicht. Ja, da seht ihn liegen, er war tapfer, oftmals betrunken, aber tapfer –«, weiter bracht er's nicht, denn die Stimme brach ihm plötzlich, und Tränen stürzten ihm aus den Augen, als er den treuen Kumpan so bleich und still im lustigen Morgenrot daliegen sah. Einige Matrosen hatten ihn unterdes in ein Segeltuch gewickelt, andere schwenkten die Flaggen über ihm auf eine gute Fahrt auf dem großen Meere der Ewigkeit – dann ließen sie ihn an Seilen über Bord ins feuchte Grab hinunter. »So ist denn«, sagte Alvarez, »sein Leiblied wahr geworden: ›Ein Meerweib singt, die Nacht ist lau, da denkt an mich, 's ist meine Frau.‹ Man soll den Teufel nicht an die Wand malen.« Kaum aber hatte der Tote unten die kalte See berührt, als er auf einmal in seinem Segeltuch mit großer Vehemenz zu arbeiten anfing. »Ihr Narren, ihr«, schimpfte er, »was, Wein soll das sein? Elendes Wasser ist's.« Die Matrosen hätten vor Schreck beinah Strick und Mann fallen lassen, aber Alvarez und Antonio sprangen rasch hinzu und zogen voller Freuden den Ungestümen wieder über Bord hinauf. Hier drängten sich nun die Überraschten von allen Seiten um ihn herum, und während die einen seine Wunden untersuchten und verbanden, andere jauchzend ihre Hüte in die Luft warfen, glotzte der unsterbliche Leutnant alle mit seinen hervorstehenden Augen stumm und verwogen an, bis sein Blick endlich die wunderbare Führerin des Schiffes traf. Da schrie er plötzlich auf: »Die ist's! Ich selber sah sie in den Klüften auf dem Moosbett schlafen!«

Aller Augen wandten sich nun von neuem auf die schöne Fremde, die, auf das Steuer gelehnt, gedankenvoll nach der fernen Küste hinübersah. Keiner traute ihr, Antonio aber erkannte bei dem hellen Tageslicht das Mädchen aus dem wüsten Garten wieder. Da faßte Alvarez sich ein Herz, trat vor und fragte sie, wer sie eigentlich wäre. – »Alma«, war ihre Antwort. – Warum sie zu ihnen gekommen? – »Weil sie euch erschlagen wollten«, erwiderte sie in ihrem gebrochenen Spanisch. – Ob sie mit ihnen fahren und ihm als Page dienen wolle? – Nein, sie wolle dem Antonio dienen. – Woher sie denn aber Spanisch gelernt? – Vom Alonzo, den sie erstochen hätten. »Den tollen Alten«, fiel hier Sanchez hastig ein, »wer war er, und wie kam er zu dir?« – »Ich weiß nicht«, entgegnete Alma. »Kurz und gut«, hob Alvarez wieder an, »war die Frau Venus auf Walpurgisnacht auf eurer Insel? Oder bist du gar selber die Frau Venus? Habt ihr beide – wollt' sagen: du oder die Frau Venus – dazumal in der Felsenkammer geschlafen?« Sie schüttelte verneinend den Kopf. »Nun, so mag der Teufel daraus klug werden! Ich will mich heute gar nicht mehr wundern, Frau Venus, Urgande, Megära, das kommt und geht so«, rief der Hauptmann ungeduldig aus und benannte das Eiland, dessen blaue Gipfel soeben im Morgenduft versanken, ohne weiteres die Venusinsel, von der Frau Venus, die nicht da war.

Die darauffolgende Nacht war schön und sternklar, die »Fortuna« mit ihren weißen Segeln glitt wie ein Schwan durch die mondlichte Stille. Da trat Antonio leise auf das Verdeck hinaus, er hatte keine Rast und Ruh, es war ihm, als müßte er die schöne Fremde bewachen, die sorglos unten ruhte. Wie erstaunte er aber, als er das Mädchen droben schon wach und ganz allein erblickte, es war alles so einsam in der Runde, nur manchmal schnalzte ein Fisch im Meer, sie aber saß auf dem Boden mitten zwischen wunderlichem Kram, ein Spiegel, Kämme, ein Tamburin und Kleidungsstücke lagen verworren um sie her. Sie kam ihm wie eine Meerfee vor, die, bei Nacht aus der Flut gestiegen, sich heimlich putzt, wenn alle schlafen. Er blieb scheu zwischen dem Tauwerk stehen, wo sie ihn nicht bemerken konnte. Da sah er, wie sie nun einzelne Kleidungsstücke flimmernd gegen den Mond hielt, er erkannte seinen eignen Sonntagsstaat, den er ihr gestern gezeigt: die gestickte Feldbinde, das rotsamtne weißgestickte Wämschen. Sie zog es eilig an; Antonio war schlank und fein gebaut, es paßte ihr alles wie angegossen. Darauf legte sie den blendend weißen Spitzenkragen um Hals und Brust und drückte das Barett mit den nickenden Federn auf das Lockenköpfchen. Als sie fertig war, sprang sie auf, sie schien sich über sich selbst zu verwundern, so schön sah sie aus. Da stieß sie unversehens mit den Sporen an das Tamburin am Boden. Sie ergriff es rasch, und den tönenden Reif hoch über sich schwingend, fing sie mit leuchtenden Augen zu tanzen an, fremd und doch zierlich, und sang dazu:

Bin ein Feuer hell, das lodert
Von dem grünen Felsenkranz,
Seewind ist mein Buhl' und fodert
Mich zum lust'gen Wirbeltanz,
Kommt und wechselt unbeständig.
Steigend wild,
Neigend mild,
Meine schlanken Lohen wend ich,
Komm nicht nah mir, ich verbrenn dich!

Wo die wilden Bäche rauschen
Und die hohen Palmen stehn,
Wenn die Jäger heimlich lauschen,
Viele Rehe einsam gehn.
Bin ein Reh, flieg durch die Trümmer
Über die Höh',
Wo im Schnee
Still die letzten Gipfel schimmern,
Folg mir nicht, erjagst mich nimmer!

Bin ein Vöglein in den Lüften,
Schwing mich übers blaue Meer,
Durch die Wolken von den Klüften
Fliegt kein Pfeil mehr bis hierher,
Und die Au'n und Felsenbogen,
Waldeseinsamkeit
Weit, wie weit,
Sind versunken in die Wogen –
Ach, ich habe mich verflogen!

Bei diesen Worten warf sie sich auf den Boden nieder, daß das Tamburin erklang, und weinte. – Da trat Antonio rasch hinzu, sie fuhr empor und wollte entfliehen. Als sie aber seine Stimme über sich hörte, lauschte sie hoch auf, strich mit beiden Händen die aufgelösten Locken von den verweinten Augen und sah ihn lächelnd an.

Antonio, wie geblendet, setzte sich zu ihr an den Bord und pries ihren wunderbaren Tanz. Sie antwortete kein Wort darauf, sie war erschrocken und in Verwirrung. Endlich sagte sie schüchtern und leise: sie könne nicht schlafen vor Freude, es sei ihr so licht im Herzen. – ›Geradeso geht mir's auch‹, dachte er und schaute sie noch immer ganz versunken an. Da fiel ihm eine goldene Kette auf, die aus ihrem Wämschen blinkte. Sie bemerkte es und verbarg sie eilig. Antonio stutzte. »Von wem hast du das kostbare Angedenken?« fragte er. »Von Alonzo«, erwiderte sie zögernd. »Wunderbar«, fuhr er fort, »gesteh es nur, du weißt es ja doch, wer der Alte war und wie er übers Meer gekommen. Und du selbst – wir sahn dich schlummern in der Kluft beim Fackeltanz, und dann an jenem blutigroten Morgen warf sich das Volk erschrocken vor dir hin – wer bist du?« Sie schwieg mit tiefgesenkten Augen, und wie er so fortredend in sie drang, brach endlich ein Strom von Tränen unter den langen schwarzen Wimpern hervor. »Ach, ich kann ja nicht dafür!« rief sie aus und bat ihn ängstlich und flehentlich, er sollt es nicht verlangen, sie könnt es ihm nicht sagen, sonst würde er böse sein und sie verjagen. – Antonio sah sie verwundert an, sie war so schön, er reichte ihr die Hand. Als sie ihn so freundlich sah, rückte sie näher und plauderte so vertraulich, als wären sie jahrelang schon beisammen. Sie erzählte von der Nacht auf dem Gebirge, wo sie ihn beim flüchtigen Fackelschein zum ersten Mal gesehn, wie sie dann traurig gewesen, als er damals im Garten sie so schnell verließ, sie meinte, die Wilden würden ihn erschlagen.

Antonio aber war's bei dem Ton ihrer Stimme, als hörte er zur Frühlingszeit die erste Nachtigall in seines Vaters Garten. Die Sterne schienen so glänzend, die Wellen zitterten unter ihnen im Mondenschein, nur von ferne kühlte sich die Luft mit Blitzen, bis endlich Alma vor Schlaf nicht mehr weiterkonnte und müde ihr Köpfchen senkte.

Auch Antonio war zuletzt eingeschlummert. Da träumte ihm von dem schönen verwilderten Garten, es war, als wollt ihm der Vogel in dem ausgebrochenen Fensterbogen im Schlaf von Diego erzählen, der unter den glühenden Blumen sich verirrt. Und als er so, noch halb im

Traume, die Augen aufschlug, flog schon ein kühler Morgenwind kräuselnd über die See, er blickte erschrocken umher, da hörte er wieder die Frau Venus neben sich atmen wie damals, und von fern stiegen die Zacken und Felsen der Insel allmählich im Morgengrauen wieder empor, dazwischen glaubte er wirklich den Vogel im Gebirge singen zu hören. Jetzt ruft es auch plötzlich: »Land!« aus dem Mastkorb; verschlafene Matrosen erheben sich, im Innern des Schiffs beginnt ein seltsames Murmeln und Regen. Nun fährt Alma verwirrt aus dem Schlafe empor. Da sie die Wälder, Felsen und Palmen sieht, springt sie voller Entsetzen auf und wirft einen dunklen, tödlichen Blick auf Antonio. »Du hast mich verraten, ihr wollt mich bei den Meinigen heimlich wieder aussetzen!« ruft sie aus und schwingt sich behende auf den Bord des Schiffes, um sich ins Meer zu stürzen. Aber Antonio faßte sie schnell um den Leib, sie stutzte und sah ihn erstaunt mit ungewissen Blicken an. Unterdes war auch Alvarez auf dem Verdeck erschienen. »Still, still«, rief er den Leuten zu, »nur sacht, eh sie uns drüben merken!« Er ließ die Anker werfen, das Boot wurde leise und geräuschlos heruntergelassen, die Berge und Klüfte breiteten sich immer mächtiger in der Dämmerung aus. Da zweifelte Antonio selbst nicht länger, daß es auf Alma abgesehen. Ganz außer sich schwang er die arme Verratene auf seinen linken Arm, zog mit der rechten seinen Degen und rief vortretend mit lauter Stimme: es sei schändlich, treulos und undankbar, das Mädchen wider ihren Willen wieder auf die Insel zu setzen, von der sie alle eben erst mit Gefahr ihres Lebens gerettet. Aber er wolle sie bis zu seinem letzten Atemzuge verteidigen und mit ihr stehn oder fallen, wie ein Baum mit seiner Blüte!

Zu seiner Verwunderung erfolgte auf diese tapfere Anrede ein schallendes Gelächter. »Was Teufel machst du denn für ein Geschrei, verliebter Baccalaureus!« sagte Alvarez, »wir wollen hier geschwind, eh etwa noch die Wilden erwachen, frisches Wasser holen von den unverhofften Bergen, du siehst ja doch, 's ist ein ganz anderes Land!« Nun sah es Antonio freilich auch, freudig und beschämt, denn die Morgenlichter spielten schon über den unbekannten Gipfeln. Alma aber hatte ihn fest umschlungen und bedeckte ihn mit glühenden Küssen. – Die Sonne vergoldete soeben Himmel, Meer und Berge, und in dem Glanze trug Antonio sein Liebchen hurtig in das Boot, das nun durch die Morgenstille nach dem fremden Lande hinüberglitt.

Alma war die erste, die ans Land sprang, wie ein Kind lief sie erstaunt und neugierig umher. Es blitzte noch alles vom Tau, Menschen waren nirgends zu sehen, nur einzelne Vögel sangen hie und da in der Frische des Morgens. Die praktischen Seeleute hatten indes gar bald eine Quelle, Kokos- und Brotbäume in Menge entdeckt, es ärgerte sie nur, daß die liebe Gottesgabe nicht auch schon gebacken war.

Alvarez aber, da heute eben ein Sonntag traf, beschloß, auf dem gesegneten Eilande einige Tage zu rasten, um das Schiff und die Verwundeten und Kranken wieder völlig instand zu setzen. Währenddes waren mehrere auf den nächsten Gipfel gestiegen und erblickten überrascht jenseits des Gebirges eine weite, lachende Landschaft. Auf ihr Geschrei kam auch der Hauptmann mit Antonio und Alma herbei. »Das ist ja wie in Spanien«, sagte Alvarez erfreut, »hier möcht ich ausruhn, wenn's einmal Abend wird und die alten Segel dem Sturme nicht mehr halten.« Sie konnten der Versuchung nicht widerstehen, die Gegend näher zu betrachten, sie wanderten weiter den Berg hinunter und kamen bald in ein schönes grünes Tal. Auf dem letzten Abhänge aber hielten sie plötzlich erschrocken still: ein einfaches Kreuz stand dort unter zwei schattigen Linden. Da knieten sie alle schweigend nieder, Alma sah sie verwundert an, dann sank auch sie auf ihre Knie in der tiefen Sonntagsstille, es war, als zöge ein Engel über sie dahin.

Als sie sich vom Gebet wieder erhoben, bemerkten sie erst einen zierlichen Garten unter dem Kreuz, den die Bäume von oben verdeckt hatten. Voll Erstaunen sahen sie sehr sorgfältig gehaltene Blumenbeete, Gänge und Spaliere, die Bienen summten in den Wipfeln, die in voller Blüte standen, aber der Gärtner war nirgends zu finden. – Da schrie Alma auf einmal erschrocken auf, als hätte sie auf eine Schlange getreten, sie hatte menschliche Fußtapfen auf dem tauigen Rasen entdeckt. »Den wollen wir wohl erwischen«, rief Alvarez, und die Wanderer folgten sogleich begierig der frischen Spur. Sie ging jenseits auf die Berge, sie glaubten den Abdruck von Schuhen zu erkennen. Unverdrossen stiegen sie nun zwischen den Felsen das Gebirge hinan, aber bald war die Fährte unter Steinen und Unkraut verschwunden, bald erschien sie wieder deutlich im Gras; so führte sie immer höher und höher hinauf und verlor sich zuletzt auf den obersten Zacken wie in den Himmel. »Ist heut Sonntag, der Gärtner ist wohl der liebe Gott selber«, sagte Alvarez, betroffen in der Wildnis umherschauend.

In dieser Zeit aber war die Sonne schon hoch gestiegen und brannte sengend auf die Klippen, sie mußten die weitere Nachforschung für jetzt aufgeben und kehrten endlich mit vieler Mühe wieder zu den Ihrigen am Strande zurück. Als sie dort ihr Abenteuer erzählten, wollte alles sogleich in das neuentdeckte Tal stürzen. Aber Alvarez schlug klirrend an seinen Schwertgriff und verbot feierlich allen und jedem, das stille Revier nicht anders als unter seinem eignen Kommando zu betreten. Denn, sagte er, das sei keine Soldatenspelunke, um dort Karten zu spielen, da stecke was Absonderliches dahinter. – Vergebens zerbrachen sie sich nun die Köpfe, was es mit dem Garten für ein Bewenden habe, denn ein Haus war nirgends zu sehen, und so viel hatten sie schon von den Bergen bemerkt, daß das Land eine, wie es schien, unbewohnte Insel von sehr geringem Umfange war. Man beschloß endlich, sich hier an der Küste ein wenig einzurichten und am folgenden Tage gleich in der frühesten Morgenkühle die Untersuchung gemeinschaftlich fortzusetzen.

Unterdes hatten die Zimmerleute schon ihre Werkstatt am Meere aufgeschlagen, rings hämmerte und klapperte es lustig, einige schweiften mit ihren Gewehren umher, andere flickten die Segel im Schatten der überhängenden Felsen, während fremde Vögel über ihnen bei dem ungewohnten Lärm ihre bunten Hälse neugierig aus dem Dickicht streckten.

Mit dem herannahenden Abend versammelte sich nach und nach alles wieder unter den Felsen, die Jäger kehrten von den Bergen zurück und warfen ihre Beute auf den Rasen, da lag viel fremdes Getier umher, die Schützen an ihren Gewehren müde daneben. Indem kam ein Soldat, der sich auf der Jagd verspätet, ganz erschrocken aus dem Walde und sagte aus, er sei hinter einem schönen scheuen Vogel weit von hier zwischen die höchsten Felsen geraten, und als er eben auf den Vogel angelegt, habe er plötzlich in der Wildnis ein riesengroßes Heiligenbild auf einer Klippe erblickt, daß ihm die Büchse aus der Hand gesunken. Die ersten Abendsterne am Firmament hätten das Haupt des Bildes wie ein Heiligenschein umgeben, darauf habe es auf einmal sich bewegt und sei langsam wie ein Nebelstreif mitten durch den Fels gegangen, er habe es aber nicht wiedergesehen und vor Grauen kaum den Rückweg gefunden. – »Das ist der Gärtner, den wir heut früh schon suchten«, rief Alvarez, hastig aufspringend. Dabei traute er nun doch dem unschuldigen Aussehn der Insel nicht und beschloß, noch in dieser Stunde selber auf Kundschaft auszugehen, damit sie nicht etwa mitten in der Nacht unversehens überfallen würden. Das war dem abenteuerlichen Sanchez eben recht, auch Antonio und Alma erboten sich tapfer, den Hauptmann zu begleiten.

Alvarez stellte nun eilig einzelne Posten auf die nächsten Höhen aus, wer von ihnen den ersten Schuß im Gebirge hörte, sollte antworten, und auf dieses Signal die ganze Mannschaft nachkommen. Darauf bewaffnete er sorgfältig sich und seine Begleiter, auch Alma mußte einen Hirschfänger umschnallen, jeder steckte aus Vorsicht noch ein Windlicht zu sich, der Soldat aber, der die seltsame Nachricht gebracht, mußte voran auf demselben Wege, den er gekommen; so zog das kleine Häuflein munter in das wachsende Dunkel hinein.

Schon waren die Stimmen unter ihnen nach und nach verhallt, nur manchmal leuchtete das Wachtfeuer noch durch die Wipfel, die Gegend wurde immer kühler und öder. Alma war recht zu Hause hier, sie sprang wie ein Reh von Klippe zu Klippe und half lachend dem steifen Alvarez, wenn ihm vor einem Sprunge graute. Der Soldat vorn aber schwor, daß sie nun schon bald in der Gegend sein müßten, wo er das Bild gesehen. Darüber wurde Sanchez ganz ungeduldig. »Heraus, Nachteule, aus deinem Felsennest!« rief er aus und feuerte schnell sein Gewehr in die Luft ab. Die nahe hohe Felsenwand brach den Schall und warf ihn nach der See zurück, es blieb alles totenstill im Gebirge. – Da glaubten sie plötzlich eine Glocke in der Ferne zu hören, die Luft kam von den Bergen, sie unterschieden immer deutlicher den Klang. Ganz verwirrt blieben nun alle lauschend stehen, über ihnen aber brach der Mond durch die Wolken und beleuchtete die unbekannten Täler und Klüfte, als sie auf einmal eine schöne tiefe Stimme in ihrer Landessprache singen hörten:

> Komm, Trost der Welt, du stille Nacht!
> Wie steigst du von den Bergen sacht,
> Die Lüfte alle schlafen,
> Ein Schiffer nur noch, wandermüd,
> Singt übers Meer sein Abendlied
> Zu Gottes Lob im Hafen.

Die Jahre wie die Wolken gehn
Und lassen mich hier einsam stehn,
Die Welt hat mich vergessen,
Da tratst du wunderbar zu mir,
Wenn ich beim Waldesrauschen hier
In stiller Nacht gesessen.

O Trost der Welt, du stille Nacht!
Der Tag hat mich so müd gemacht,
Das weite Meer schon dunkelt,
Laß ausruhn mich von Lust und Not,
Bis daß das ew'ge Morgenrot
Den stillen Wald durchfunkelt.

Die Wanderer horchten noch immer voll Erstaunen, als der Gesang schon lange wieder in dem Gewölk verhallt war, das soeben vor ihnen mit leisem Fluge die Wipfel streifte. Alvarez erholte sich zuerst. »Still, still«, sagte er, »nur sachte mir nach, vielleicht überraschen wir ihn.« Sie schlichen nun durch das Dickicht leise und vorsichtig immer tiefer in den feuchten Nebel hinein, niemand wagte zu atmen – als plötzlich der vorderste mit großem Geschrei auf einen Fremden stieß, jetzt schrie wieder einer und noch einer auf, manchmal klang es wie Waffengerassel von ferne. Überwacht und aufgeregt wie sie waren, zog jeder sogleich seinen Degen. Indem sahen sie auch schon mehrere halbkenntlich zwischen den Klippen herandringen, die unerschrockenen Abenteurer stürzten blind auf sie ein, da klirrte Schwert an Schwert im Dunkeln, immer neue Gestalten füllten den Platz, als wüchse das Gezücht aus dem Boden nach. – In diesem Getümmel bemerkte niemand, wie ein fernes Licht, immer näher und näher, das Laub streifte, auf einmal brach der Widerschein durch die Zweige, den Kampfplatz scharf beleuchtend, und die Fechtenden standen plötzlich ganz verblüfft vor altbekannten Gesichtern – denn die vermeintlichen Wilden waren niemand anders als ihre Kameraden von unten, die verabredetermaßen auf Sanchez' Schuß zu Hülfe gekommen.

»Da ist er!« schrie plötzlich der Soldat, der vorhin den Alvarez heraufgeführt. Alle wandten sich erschrocken um: ein schöner riesenhafter Greis mit langem weißen Bart, in rauhe Felle gekleidet, eine brennende Fackel in der Hand, stand vor ihnen und warf dem Sanchez die Fackel an den Kopf, daß ihn die Funken knisternd umsprühten. »Ruhe da!« rief er; »was treibt euch, hier die Nacht mit wüstem Lärm zu brechen, das wilde Meer murrt nur von fern am Fuß der Felsen, und alle blinden Elemente hielten Frieden hier seit dreißig Jahren in schöner Eintracht der Natur, und die ersten Christen, die ich wiedersehe, bringen Krieg, Empörung, Mord.«

Hier erblickte er Alma, deren Gesicht von der Fackel hell beleuchtet war, da wurde er auf einmal still. – Die erstaunten Gesellen standen scheu im Kreise, sie hielten ihn insgeheim für einen wundertätigen Magier. Diese Pause benutzte Alvarez und trat, seinen Degen einsteckend, einige Schritte vor. »Ihr sollt nicht glauben«, sagte er, »daß wir loses Gesindel seien, das da ermangelt, einem frommen Waldbruder die gebührende Reverenz zu erweisen; mit dem Lärm vorhin, das war nur so eine kleine Konfusion.« Der Einsiedler aber schien nicht darauf zu hören, er sah noch immer Alma an, dann, wie in Gedanken in dem Kreise umherschauend, fragte er, woher sie kämen. – Das wußte nun Alvarez selber nicht recht und berichtete kurz und verworren von der Frau Venus, von Händeln mit den Wilden, von einem prächtigen Reich, das sie entdeckt, aber wieder verloren. Der Alte betrachtete unterdes noch einmal alle in die Runde. Nach kurzem Schweigen sagte er darauf: es sei schon dunkle Nacht und seine Klause liege weit von hier, auch habe er oben nicht Raum für so viele unerwartete Gäste, am folgenden Tage aber wollte er sie mit allem, dessen sie zur Reise bedürften, aus dem Überfluß versehen, womit ihn Gott gesegnet. Der Hauptmann solle jetzt die Seinen zum Ankerplatz zurückführen und morgen, wenn sie die Frühglocke hörten, mit wenigen Begleitern wiederkommen.

Die Wanderer sahen einander zögernd an, sie hätten lieber noch heut den Waldbruder beim Wort genommen. Aber in seinem strengen Wesen war etwas Unüberwindliches, das zugleich Gehorsam und Vertrauen erweckte. Er selbst ergriff rasch die Fackel, an der die andern ihre Windlichter anzünden mußten, und zeigte ihnen, voranschreitend, einen von Zweigen verdeckten Felsenweg, der unmittelbar zum Strande führte. Als sie nach kurzem Gange zwischen den Bäumen heraustraten, sahen sie schon das Meer wieder heraufleuchten, tief unter ihnen riefen die zurückgebliebenen Wachen einander von ferne an. »Mein Gott«, sagte der Einsiedler fast betroffen, »das habe ich lange nicht gehört, es ist doch ein herrlich Ding um die Jugend.« Dann grüßt' er alle noch einmal und wandte sich schnell in die Finsternis zurück. Unten aber erschraken die Wachen, da sie ein Licht nach dem andern aus den Klüften steigen und durch die Nacht schweifen sahen, als kämen die verstörten Gebirgsgeister den stillen Wald herab.

Der folgende Tag graute noch kaum, da fuhr Alma schon von ihrem bunten Teppich auf, sie hatte vor Freude auf die bevorstehende Fahrt die ganze Nacht nur leise geschlummert und immerfort von dem Gebirge und dem Einsiedler geträumt. Erstaunt sah sie sich nach allen Seiten um, Antonio lag zu ihren Füßen im Gras. Es war noch alles still, die Wachtfeuer flackerten erlöschend im Zwielicht. Da überfiel Alma ein seltsames Grauen in der einsamen Fremde, sie könnt es nicht lassen, sie stieß Antonio leis und zögernd an. Der verträumte Student richtete sich schnell auf und sah ihr in die klaren Augen. Sie aber wies aufhorchend nach dem Gebirge. Da hörte er hoch über ihnen auch schon die Morgenglocke des Einsiedlers durch die Luft herüberklingen, und bei dem Klange fuhren die Langschläfer an den Feuern, einer nach dem andern, empor. Jetzt trat auch Alvarez schon völlig bewaffnet aus dem Zelte und teilte mit lauter Stimme seine Befehle für den kommenden Tag aus. Sanchez sollte heute das Kommando am Strande führen, er mochte ihn nicht wieder auf die Berge mitnehmen, da er ihm überall unverhofften Lärm und Verwirrung anrichtete. Bald wimmelte es nun wieder bunt über den ganzen Platz, und ehe noch die Sonne sich über dem Meere erhob, brach der Hauptmann schon, nur von Alma und Antonio begleitet, zu dem Waldbruder auf.

Alma hatte sich alle Stege von gestern wohl gemerkt und kletterte munter voraus. Antonio trug mühsam ein großes, dickes Buch unter dem Arme, in welchem er mit jugendlicher Wißbegierde und Selbstzufriedenheit merkwürdige Pflanzen aufzutrocknen und zu beschreiben pflegte. Alma meinte, er mache Heu für den Schiffsesel, und brachte ihm Disteln und anderes nichtswürdiges Unkraut in Menge. Das verdroß ihn sehr, er suchte ihr in aller Geschwindigkeit einen kurzen Begriff von dem Nutzen der Wissenschaft beizubringen. Aber sie lachte ihn aus und steckte sich die schönsten frischen Blumen auf den Hut, daß sie selbst wie die Gebirgsflora anzusehen war. – Auf einmal starrten alle überrascht in die Höh'. Denn fern auf einem Felsen, der die andern Gipfel überschaute, trat plötzlich der Einsiedler mitten ins Morgenrot, als wär er ganz von Feuer; er schien die Wanderer kaum zu bemerken, so versunken war er in den Anblick des Schiffs, das unten ungeduldig wie ein mutiges Roß auf den Wellen tanzte. Jetzt fiel es dem Alvarez erst aufs Herz, daß er ein verkleidetes Mädchen zu dem frommen Manne mit heraufbringen wolle. Er bestand daher ungeachtet Antonios Fürbitten darauf, daß Alma zurückkehren und ihre Wiederkehr unten erwarten sollte. Sie war betroffen und traurig darüber; als sie aber endlich die Skrupel des Hauptmanns begriff, schien sie schnell einen heimlichen Anschlag zu fassen, sah sich noch einmal genau die Gegend an und sprang dann, ohne ein Wort zu sagen, wieder nach dem Lagerplatze hinab.

Unterdes hatte der Einsiedler oben die Ankommenden gewahrt und wies ihnen durch Zeichen den nächsten Pfad zu dem Gipfel, wo er sie mit großer Freude willkommen hieß. »Laßt uns die Morgenkühle noch benutzen«, sagte er dann nach kurzer Rast und führte seine Gäste sogleich weiter zwischen die Berggipfel hinein. Sie gingen lange an Klüften und rauschenden Bächen vorüber, sie erstaunten, wie rüstig ihr Führer voranschritt. So waren sie auf einem hochgelegenen freien Platze angekommen, der nach der Gegend, wo das Schiff vor Anker lag, von höhern Felsen und Wipfeln ganz verschattet war; von der andern Seite aber sah man weit in die fruchtbaren Täler hinaus, während zu ihren Füßen der Garten heraufduftete, den sie schon gestern zufällig entdeckt hatten. »Das ist mein Haus«, sagte der Einsiedler und zeigte auf eine Felsenhalle im Hintergrund. Die Morgensonne schien heiter durch die offene Tür und beleuchtete einfaches Hausgerät und ein Kreuz an der gegenüberstehenden Wand, unter dem ein schönes Schwert hing. Die Ermüdeten mußten sich nun auf die Rasenbank vor der Klause lagern, der Einsiedler aber brachte zu ihrer Verwunderung Weinflaschen und köstliches Obst, schenkte die Gläser voll und trank auf den Ruhm Altspaniens. Unterdes hatte der Morgen ringsum alles vergoldet und funkelte lustig in den Gläsern und Waffen, ein Reh weidete neben ihnen, und schöne, bunte Vögel flatterten von den Zweigen und naschten vertraulich mit von dem Frühstück der Fremden.

Hier saßen sie lange zusammen in der erfrischenden Kühle. Der Einsiedler erkundigte sich nach ihrem gemeinschaftlichen Vaterlande, aber er sprach von so alten Zeiten und Begebenheiten, daß ihm fast nur Antonio aus seinen Schulbüchern noch Bescheid zu geben wußte. Da sie ihn aber so heiter sahen, drangen sie endlich in ihn, ihnen seinen eigenen Lebenslauf und wie er auf diese Insel gekommen, ausführlich zu erzählen. Da besann er sich einen Augenblick. »Es ist mir alles nur noch wie ein Traum«, sagte er darauf, »die fröhlichen Gesellen meiner Jugend, die sich daran ergötzen könnten, sind lange tot, andere Geschlechter gehen unbekümmert über ihre Gräber, und ich stehe zwischen den Leichensteinen allein wie in tiefem Abendrote. Doch sei es drum, ich schwieg so lange Zeit, daß mir das Herz recht aufgeht bei den heimatlichen Lauten; ich will euch von allem treulich Kunde geben, vielleicht erinnert sich doch noch jemand meiner, wenn ihr's zu Hause wiedererzählt.« So rückten sie denn im Grünen näher zusammen, und der Alte hub folgendermaßen an:

Geschichte des Einsiedlers

Die letzte Macht der Mohren war zertrümmert, die Zeit war alt und die Waffen verklungen, unsere Burgen standen einsam über wallenden Kornfeldern, das Gras wuchs auf den Zinnen, da blickte mancher vom Walle übers Meer und sehnte sich nach einer neuen Welt. Ich war damals noch jung, vor meiner Seele dämmerte bei Tag und Nacht ein wunderbares Reich mit blühenden Inseln und goldenen Türmen aus den Fluten herauf – so rüstete ich freudig ein Schiff aus, um es zu erobern.

Was soll ich euch von den ersten Wochen der Fahrt erzählen, von den vorüberfliegenden Küsten, von der Meereseinsamkeit und den weitgestirnten prächtigen Nächten, ihr kennt's ja so gut wie ich. Es sind jetzt gerade dreißig Jahre, es war des Königs Namenstag, wir fuhren auf offner unbekannter See. Ich hatte zur Gedächtnisfeier des Tages ein Fest auf dem Verdeck bereitet, die Tische waren gedeckt, wir saßen unter bunten Fahnen in der milden Luft, einige sangen spanische Lieder zur Zither, glänzende Fische spielten neben dem Schiff, ein frischer Wind schwellte die Segel. Da, indem wir so der fernen Heimat gedachten, sahen wir auf einmal verflogene Paradiesvögel über uns durch die klaren Lüfte schweifen, alle hießen's für die Verheißung eines nahen Landes. »Und was für ein Land muß das sein«, rief ich aufspringend, »wo der Wind solche Blüten herüberweht!« Wir hofften alle, das wunderbare Eldorado zu entdecken. Aber mein Leutnant, ein junger, stiller und finsterer Mann, entgegnete in seiner melancholischen Weise, das Eldorado liege auf dem großen Meere der Ewigkeit, es sei töricht, es unter den Wolken zu suchen. – Das verdroß mich. Ich schenkte rasch mein Glas voll. »Wer's hier nicht sucht, der findet's nimmer«, rief ich, »durch! und wenn's am Monde hinge.« Aber wie ich anstieß, sprang mein Glas mitten entzwei, mir graute – da riefs auf einmal vom Mastkorbe: »Land!«

Alles fuhr nun freudig erschrocken auf, wir waren fern von allen bekannten Küsten, es mußte ein ganz fremdes Land sein. Wir sahen erst nur einen Nebelstreif, dann allmählich wuchs und dehnte sich's wie ein Wolkengebirge. Unterdes aber kam der Abend, die Luft dunkelte schläfrig und verdeckte alles wieder. – Wir gingen nun so nah am Strand als möglich vor Anker, um mit Tagesanbruch zu landen. O der schönen, erwartungsvollen Nacht! Es war so still, daß wir die Wälder von der Küste rauschen hörten, ein köstlicher Duft von Kräutern wehte herüber, im Walde sang ein Vogel mit fremdem Schalle, manchmal trat der Mond plötzlich hervor und beleuchtete flüchtig wunderbare Gipfel und Klüfte.

Als endlich der Morgen anbrach, standen wir schon alle wanderfertig auf dem Verdecke vor dem blitzenden Eilande. Ich werde den Anblick niemals vergessen – mir war's, als schlüge die strenge Schöne, die ich oft im Traume gesehen, ihre Schleier zurück und ich sah ihr auf einmal in die wilden dunklen Augen. – Wir landeten nun und richteten uns fröhlich am Fuß des Gebirges ein, ich aber machte sogleich mit mehreren Begleitern einen Streifzug ins Land. Wir fanden alles wild und schön, fremde Tiere flogen scheu vor uns in das Dickicht, weiterhin stießen wir auf ein Dorf in einem fruchtbaren Felsentale, die Schmetterlinge flatterten friedlich in den blühenden Bäumen, aber die Hütten waren leer und alles so still in der Einsamkeit zwischen den Klüften und Wasserfällen, als wäre der Morgen der Engel des Herrn, der die Menschen aus dem Paradiese gejagt und nun zürnend mit dem Flammenschwerte auf den Bergen stände.

Als ich zurückkehrte, ließ ich der Vorsicht wegen einige Feldschlangen vom Schiffe bringen und unsern Lagerplatz verschanzen, da ich beschlossen hatte, das Land genau zu durchforschen. So war die Nacht herangekommen. Ich hatte wenig Ruh' vor schweren seltsamen Träumen, und als ich das eine Mal aufwachte, war unser Wachtfeuer fast schon ausgebrannt, es konnte nicht mehr weit vom Tage sein. Ich begab mich daher zu den äußersten Posten, die ich am Abend ausgestellt, die waren sehr erfreut, mich zu sehen, denn sie hatten die ganze Nacht über eine wunderliche Unruhe im Gebirge bemerkt, ohne erraten zu können, was es gäbe. Ich legte mich mit dem Ohr an den Boden, da war's zu meinem Erstaunen, als vernähm ich den schweren Marsch bewaffneter Scharen in der Ferne. Manchmal erschallte es weit in den Bäumen wie Nachtgeflügel, das aufgeschreckt durch die Zweige bricht, dann war alles wieder still. Indem ich aber noch so lauschte, hör ich auf einmal ein Flüstern dicht neben mir im Dunkeln. Ich trat einige Schritte zurück, meine Jagdtasche war mit Feuerwerk wohl versehen, ich warf schnell eine Leuchtkugel nach dem Gebirge hinaus. Da bot sich uns plötzlich der wunderbarste Anblick dar: bei dem hellen Widerschein sahen wir einen furchtbaren Kreis bewaffneter dunkler Gestalten, lauernd an die Palmen gelehnt, hinter Steinen im Dickicht, Kopf an Kopf bis tief in den finstern Wald hinein. Alle Augen folgten dem feurigen Streif der Leuchtkugel, und als sie prasselnd in der Luft zerplatzte, richteten sich mehrere auf und betrachteten erstaunt die funkelnden Sterne, die im Niedersinken die Wipfel vergoldeten. Unterdes waren auf das Feuerzeichen die Unsrigen, die auf meinen Befehl bekleidet und mit den Waffen geruht hatten, erschreckt und noch halb verschlafen herbeigeeilt. Als nun die Wilden das Wirren und ängstliche Hinundherlaufen bemerkten, sprangen sie plötzlich aus ihrem Hinterhalt, ein Hagel von Speeren und Steinen flog hinter ihnen drein, ich hatte kaum Zeit, die Meinigen zu ordnen. Ich ließ fürs erste nur blind feuern, die Eingeborenen stutzten, da sie sich aber alle unversehrt fühlten, lachten sie wild und griffen nun um so wütender an. Eine zweite scharfe Ladung empfing die Verwegenen, wir sahen einige von ihnen getroffen sinken, die Hintersten aber gewahrten es nicht und drängten immer unaufhaltsamer über die Gefallenen vor. Mehrere von den Unsrigen wollten unterdes mitten in dem Getümmel ein Weib mit fliegendem Haar gesehen haben, die wie ein Würgengel unter ihren eigenen Leuten die Zurückweichenden mit ihrem Speer durchbohrte, es entstand ein dumpfes, scheues Gemurmel von einer schönen wilden Zauberin, die Meinigen fingen an zu wanken. Jetzt zauderte ich nicht länger, ich befahl, unsere Feldschlange loszubrennen, der Schuß weckte einen anhaltenden, furchtbaren Widerhall zwischen den Bergen und riß eine breite Lücke in den dichtesten Haufen der Wilden. Das entschied den Kampf; wie vor einer unbegreiflichen übermenschlichen Gewalt standen sie eine Zeit lang regungslos, dann wandte sich auf einmal die ganze Schar mit durchdringendem Geheul, durch den Pulverdampf sahen wir sie ihre Toten und Verwundeten auf dem Rücken eilig fortschleppen, und in wenigen Minuten war alles zwischen dem Unkraut und den Felsenritzen wie ein Nachtspuk in der Morgendämmerung verschlüpft, die nun allmählich wachsend das Gebirge erhellte.

Wir standen noch ganz verwirrt wie nach einem unerhörten Traume. Ich ließ darauf die Verwundeten zurückbringen und sammelte die Frischesten und Kühnsten, um den Saum des Waldes von dem Gesindel völlig zu säubern. So schritten wir eben vorsichtig in die Berge hinein, als plötzlich auf einem Felsen über uns zwischen den Wipfeln eine hohe, schlanke Mädchengestalt von so ausnehmender Schönheit erschien, daß alle, die auf sie zielten, ihre Arme sinken ließen. Sie war in ein buntgeflecktes Pantherfell gekleidet, das von einem funkelnden Gürtel über den Hüften zusammengehalten wurde, mit Bogen und Köcher, wie die heidnische Göttin Diana. Sie redete uns furchtlos und, wie es schien, zürnend an, aber keiner verstand die Sprache, und der Klang ihrer Stimme verhallte in den Lüften, bis sie endlich selbst zwischen den Bäumen wieder verschwand.

Mein Leutnant insbesondere war von der wunderbaren Erscheinung ganz verwirrt. Er pflegte sonst nicht viel Worte zu machen, jetzt aber funkelten seine Augen, ich hatte ihn noch nie so heftig gesehn. Er nannte das Mädchen eine teuflische Hexe, man müsse sie tot oder lebendig fangen und verbrennen, er selbst erbot sich, sogleich Jagd auf sie zu machen. Ich verwies ihm seine unsinnige Rede. Wir brauchten, sagte ich, vor allem einige Tage Ruh' und frische Lebensmittel, dazu müßten wir jetzt Frieden halten mit den Eingebornen. Der Leutnant aber war bei seinem stillen Wesen leicht zum Zorne zu reizen, er hieß mich selber des Teufels Zuhälter und verschwor sich, wenn ihm keiner beistehn wollte, das christliche Werk allein zu vollbringen. Und mit diesen Worten stieg er eilig das Gebirge hinan, ehe wir ihn zurückhalten konnten. Vergebens riefen wir ihm warnend, bittend und drohend nach, ich selbst durchschweifte mit vielen andern furchtlos die nächsten Berge, es sah ihn niemand wieder.

Dieses ganz unerwartete Ereignis machte mir große Sorge, denn entweder wandte der Unglückliche durch sein Unternehmen das kaum vorübergezogene Ungewitter von neuem auf uns zurück, oder ich verlor, was wahrscheinlicher war, einen redlichen und tapfern Offizier. Das letzte schien leider zutreffen zu wollen, denn unsere Nachforschungen blieben ohne Erfolg, mehrere Tage waren seitdem vergangen, meine Leute gaben ihn schon auf. Da beschloß ich endlich, mir um jeden Preis Gewißheit über sein Schicksal zu verschaffen. Ich ließ unser Lager abbrechen, lichtete die Anker und segelte, mich immer möglichst dicht zum Lande haltend, weiter an der Küste herab.

Wir fuhren nun abwechselnd an wilden und lachenden Gestaden vorüber, aber wo wir auch ans Land stiegen, sahen wir's verlassen, die Eingeborenen flohen scheu vor uns in die Wälder, von dem Leutnant war keine Spur zu entdecken. – So hatten wir uns einmal beim ersten Morgengrauen in einem von Bergen umgebenen Tale gelagert, das mir besonders anmutig und reich bevölkert schien, wie ich aus den vielen Stimmen abnahm, die wir nachts von der Küste gehört hatten. Ich ließ unsern Lagerplatz sogleich mit Zweigen eines Baumes bestecken, von dem ich wußte, daß er in diesen Weltgegenden als Zeichen des Friedens und der Freundschaft angesehen wird, flatternde Bänder und bunte Teppiche wurden ringsum an Stangen ausgehängt, unsere Spielleute mußten dazu musizieren, das klang gar lustig in der Einsamkeit, die nun schon von der schönsten Morgenröte nach und nach erhellt wurde. Ich hatte mich in meiner Erwartung auch nicht getäuscht, denn es währte nicht lange, so erschienen einzelne Wilde neugierig hie und da wie Raben an den Klippen, jetzt erkannten wir auch im steigenden Morgen die Gegend ringsumher, fruchtbare Gründe, Wasserfälle und wunderbar gezackte Felsen, die wie Burgen über den Wäldern hingen.

Bald darauf aber sahen wir es fern am Saum des Waldes in der Morgensonne schimmern. Ein unübersehbarer Zug von Wilden bewegte sich jetzt unter den Bäumen die nachtkühlen Schlüfte herab, voran schwärmten hohe schlanke Burschen über den beglänzten Wiesengrund, die gewandt ihre blinkenden Speere in die Luft warfen und wieder auffingen. So im künstlichen Kampfspiel bald sich verschlingend, bald wieder auseinanderfliegend, nahten sie sich langsam unserm Lager, dazwischen sang der Zug dahinter ein rauhes, aber gewaltiges Lied, und sooft sie schwiegen, gaben andere von den Bergen Antwort.

Ich wußte nicht, was ich von dem seltsamen Beginnen halten sollte. Mir war aber alles daran gelegen, mit ihnen in ein friedliches Verständnis zu kommen. Ich hieß daher meine Leute die Feldschlange laden und sich kampffertig halten, während ich selber allein den Ankommenden entgegenging, das grüne Reis hoch über meinem Hute schwenkend. Da gewahrte ich an der Spitze des Zuges mehrere schöne junge Männer in kriegerischem Schmuck, die über ihren Köpfen breite Schilde wie ein glänzendes Dach emporhielten. Auf diesen aber erblickte ich zu meinem Erstaunen das Wundermädchen wieder, das wir damals auf dem Felsen gesehn. Mit dem schlanken Pantherleib, zu beiden Seiten von den langen dunklen Locken umwallt, ruhte sie in ihrer strengen Schönheit wie eine furchtbare Sphinx auf den Schilden.

Kaum aber hatte sie mich erblickt, als sie sich rasch von ihrem Sitze schwang und auf mich zueilte, die turnierenden Burschen stoben zu beiden Seiten auseinander und senkten ehrerbietig die Lanzen vor ihr – es war die Königin des Landes.

Sie trat, während die andern in einem weiten Halbkreise zurückblieben, mitten unter uns mit einem Anstande, der uns alle erstaunen machte, und betrachtete mich, als den vermeintlichen König der Fremden, lange Zeit mit ernsten Blicken. Ich ließ ihr einen bunten Teppich zum Sitze über den Rasen breiten und überreichte ihr dann ein Geschenk von Glaskorallen, Tüchern und Bändern. Sie nahm alles wie einen schuldigen Tribut an, ohne sich jedoch, nach einem flüchtigen Blick darauf, weiter darum zu bekümmern, ihre Seele schien von ganz andern Gedanken erfüllt. Unterdes war auch ihr Gefolge nach und nach vertraulicher geworden. Einzelne näherten sich den Unsrigen, einer von ihnen benutzte die Verwirrung, rollte schnell einen Teppich auf und entfloh damit nach dem Walde. Die Königin bemerkte es, rasch aufspringend zog sie einen Pfeil aus ihrem Köcher und durchbohrte den Fliehenden, daß er tot ins Gras stürzte; da hing die ganze Schar wie eine dunkle Wolke wieder unbeweglich am Saume des Waldes.

Mir graute, sie aber wandte sich von neuem zu uns, ihre Blicke spielten umher, sie schien etwas mit den Augen zu suchen. Endlich erblickte sie's: es war unsere Feldschlange. Sie betrachtete sie mit großer Aufmerksamkeit, auf ihr Begehren mußte ich sie wenden und losbrennen lassen. Bei dem Knall stürzten die Eingebornen zu Boden, das Mädchen schauerte kaum und stand wie eine Zauberin in dem ringelnden Dampf. Dann aber flog sie pfeilschnell nach der Gegend, wohin der Schuß gefallen. Ich folgte ihr, denn es schien mir ratsam, ihr die unwiderstehliche Gewalt unseres Geschützes begreiflich zu machen. Es war ein abgelegener Ort tief im Walde, wo die Kugel einen Baum zerschmettert hatte; Stamm, Krone und Äste lagen zerrissen umher, wie vom Blitz gespalten. – Als sich die Königin von der furchtbaren Wirkung des Schusses überzeugt hatte, wurde sie ganz nachdenklich und traurig; wie vernichtet setzte sie sich auf den Rasen hin. So saß sie lange stumm, ich hatte sie noch nicht so nah gesehn, nun fesselte mich ihre Schönheit, und ganz verwirrt und geblendet drückte ich flüchtig ihre Hand. Da wandte sie fast betroffen ihr Gesicht nach mir herum und sprang dann plötzlich wild auf, daß ich zusammenschrak. Sie eilte nach unserm Lagerplatz zurück, dort hatte sie, eh ich's noch hindern konnte, unsere Schiffsfahne ergriffen und schwenkte sie hoch in der Luft, uns alle auf ihre Berge einladend. Ich hatte kaum noch Zeit genug, die nötigen Wachen am Strande anzuordnen, denn sie flog schon mit dem weißen flatternden Banner voran. Von Zeit zu Zeit, während wir vorsichtig folgten, erschien sie über den Wipfeln auf überhängenden Felsen, daß uns grauste, und sooft sie oben sichtbar wurde, jauchzten die Eingebornen ihr zu, und ihre Hörner schmetterten dazwischen, daß es weit im Gebirg widerhallte.

Ich übergehe hier unsern Empfang und ersten Aufenthalt auf diesen Felsen, die scheue Gastfreundschaft der Wilden, unser Lagern über den Klüften, die herrlichen Morgen und die wunderbaren Nächte – es ist mir von allem nur noch das Bild der Königin in der Seele zurückgeblieben. Denn sie selber war wie das Gebirge, in launenhaftem Wechsel bald scharf gezackt, bald sammetgrün, jetzt hell und blühend bis in den fernsten tiefsten Grund, dann alles wieder grauenhaft verdunkelt. Wie oft stand ich damals auf den Bergen und schaute in das blaue Meer! Den Leutnant hatte ich lange aufgegeben, der Wind wehte günstig, alles war zur Abfahrt bereit – und doch mußte ich mich immer wieder zurückwenden in jene wildschöne Einsamkeit.

In dieser Zeit schweifte ich oft mit der Königin auf der Jagd umher. Auf einem solchen Streifzuge war ich eines Tages weit von ihr abgekommen. Vergebens rief ich ihren Namen, die Täler unten ruhten schwül, nur der Widerhall gab Antwort zwischen den Felsen. Auf einmal erblickte ich sie fern im Walde, es war, als ginge jemand unter den Bäumen eilig von ihr fort. Als ich aber hinaufkam, war alles wieder still; dann aber hörte ich sie singen über mir, eine so wunderbare Melodie, daß es mir die Seele wandte. So verlockte sie mich immer weiter in die Wildnis, ihr Lied war auch verklungen, kein Vogel sang mehr in dieser unwirtlichen Höhe – da, wie ich mich einmal plötzlich wende, steht sie auf einer Klippe in der Waldesstille, den Bogen lauernd auf mich angelegt. – Ich starrte sie erschrocken an, sie aber lachte und ließ den Bogen sinken, zwischen den Wasserfällen im Widerschein der Abendlichter zu mir herabsteigend. – Es war eine öde Gebirgsebene hoch über allen Wäldern, der Abend dunkelte schon. Sie setzte sich zu mir ins Gras, mir graute, denn um ihren Hals bemerkte ich eine Perlenschnur von Zähnen erschlagener Feinde. Und dennoch wandte ich keinen Blick von ihr, gleichwie man gern in ein Gewitter schaut. So lag ich, den Kopf in meine Hand gestützt, ganz in den Anblick ihrer wunderbaren Erscheinung versunken. Da sie's aber gewahrte, wandte sie sich plötzlich von mir, schwenkte aufspringend ihren Jagdspeer über sich und sang ein seltsames Lied, es waren in unserer Sprache etwa folgende Worte:

> Bin ein Feuer hell, das lodert
> Von dem grünen Felsenkranz,
> Seewind ist mein Buhl' und fodert
> Mich zum lust'gen Wirbeltanz,
> Kommt und wechselt unbeständig.
> Steigend wild,
> Neigend mild,
> Meine schlanken Lohen wend ich,
> Komm nicht nah mir, ich verbrenn dich!

Bei diesen Worten versank Antonio in Nachsinnen, es war offenbar dasselbe Lied, das damals Alma tanzend auf dem Schiffe gesungen. Er mochte aber jetzt den Einsiedler nicht unterbrechen, der in seiner Erzählung folgendermaßen fortfuhr:

Dieser Abend gab den Ausschlag. Damals tat ich einen heimlichen Schwur, mich selber für die Königin zu opfern. Ich gelobte, Europa zu entsagen für immer, um sie und ihr Volk zum Christentum zu bekehren und dann mit ihr das Eiland zu regieren zu Gottes Ehre. – Ich Tor, ich bildete mir ein, den Himmel zu erobern, und meinte doch nur das schöne Weib! Mein Plan war bald gemacht. Erst mußt ich sichern Boden haben unter mir. Unter meinen Leuten befanden sich geschickte Werkmeister aller Art; Holz, Steine und was zum Bauen nötig, lag verworren umher, ich ließ rasch zugreifen und auf dem Vorgebirg, welches das ganze Land beherrschte, eine feste Burg errichten zu Schutz und Trutz und pflanzte einen Garten daneben nach unserer Weise.

Nur wenigen von den Meinen hatte ich das eigentliche Vorhaben angedeutet, die andern blendete das Gold, das überall verlockend durch den grünen Teppich der Insel schimmerte. Die Königin wußte nicht, wie ihr geschah, erst wollte sie's hindern, dann stutzte sie und staunte, und während sie noch so zögernd sann und schwankte, wuchsen die Hallen und Bogen und Lauben ihr schon über dem Haupt zusammen, und alles schoß üppig auf und rauschte und blühte, als sollt es ein ewiger Frühling sein.

Dazumal an einem Sonntage besichtigte ich das neue Werk, meine Leute waren lustig im Grünen zerstreut, ich hatte Wein unter sie verteilen lassen, denn morgen sollten die Kanonen vom Schiff auf die Mauern gebracht und die Burg feierlich eingeweiht werden. Ich ging durch den einsamen Hof und freute mich, wie die jungen Weinranken überall an den Pfeilern und Wänden hinaufkletterten. Es war ein schwüler Nachmittag, die Bäume flüsterten so seltsam über die Mauer, die Arbeit ruhte weit und breit, nur manchmal schlüpfte eine bunte Schlange durch das Gras, während einzelne Wolken träg und müßig über die Gegend hinzogen. Draußen aber schillerte der junge Garten im Sonnenglanze, wie mit offenen Augen schlafend, als wollt er mir im Träum etwas sagen. Ich trat hinaus und streckte mich endlich ermattet vor dem Tor unter die blühenden Bäume, wo mich die Bienen gar bald in Schlummer summten. – So mochte ich lange geschlafen haben, als ich plötzlich Stimmen zu hören glaubte.

Ich bog die Zweige auseinander und erblickte wirklich mehrere Eingeborene im Burghof, sie strichen, heimlich und scheu umherschauend, an den Mauern hin, ich erkannte die Häuptlinge der Insel an ihrem Schmuck. Im ersten Augenblick glaubte ich, es gelte mir, aber sie konnten mich nicht bemerken. Zu meinem Entsetzen aber gewahre ich nun auch unsern Leutnant mitten unter ihnen mit verworrenem Bart, bleich und verwildert wie ein Gespenst, er redet geläufig ihre Mundart, sie sprechen leise und lebhaft untereinander. Darauf alles auf einmal wieder totenstill – da erblickte ich die Königin am jenseitigen Tor in ihrem Pantherkleid mit dem Bogen, ganz wie ich sie zum ersten Mal gesehen. Sie macht mit ihrem Pfeile wunderliche Zeichen in die Luft, und plötzlich, schnell und lautlos, ist alles wieder zerstoben. – Ich rieb mir die Augen, die ganze Erscheinung war mir wie ein Spuk.

Als ich mich ein wenig besonnen, sprang ich hastig auf, da ich aber an den Bergrand trat, stand schon der Abend dunkelrot über der Insel, aus dem Waldgrunde unter mir hörte ich die Meinigen singen. Ich eilte sogleich nach der Gegend des Gebirges hin, wo die Königin mit den Häuptlingen verschwunden war. Da sah ich jemand fern unter den Bäumen sich ungewiß bewegen, bald rasch vortretend, bald wieder zögernd und unschlüssig zurückkehrend. Auf einmal kam er wie rasend auf mich hergestürzt – es war der Leutnant. »Fort, fort!« schrie er, »die Nacht bricht schon herein, laßt alles stehn, werft euch auf euer Schiff und flieht, nur fort!« Mir flog eine schreckliche Ahnung durch die Seele. »Überläufer!« rief ich, meinen Degen ziehend, »du hast uns verraten, das Kainszeichen brennt dir blutrot an der Stirn!« – »Wo, wo brennt's?« entgegnete er erschrocken, sich wild nach allen Seiten umsehend. »Aus deinen Augen lodert es versengend«, sagte ich. »Das ist nicht wahr«, erwiderte er, »im Walde brennt's unter meinen Füßen, in meinem Haar, in meinen Eingeweiden brennt's!« Und mit diesen Worten ergriff er sein Schwert und drang verzweifelt auf mich ein. »Hier, Aug in Aug, sieh nicht so scheu hinweg!« rief ich ihm zu. Ich weiß nicht, täuschte mich die Dämmerung, aber mir war's, als bot er recht mit Herzenslust die entblößte Brust oft wehrlos meiner Degenspitze – mir graute, ihn zu morden.

Da, während wir so fechten, tritt auf einmal die Königin aus dem Walde und mitten zwischen uns. Der Leutnant, da er sie erblickt, taumelt wie geblendet einige Schritte zurück. Dann seinen Degen plötzlich zu ihren Füßen niederwerfend, ruft er aus: »Da nimm's, ich *kann* nicht!« Und in demselben Augenblick bricht er zusammen, auf den Boden schlagend. – Die Königin aber neigte sich über ihn und nannte ihn beim Namen so lieblich mit dem wunderbaren Klange ihrer Stimme, daß er verwirrt den Kopf erhob und lauschte. Da setzte sie mutwillig ihren Fuß auf seinen Nacken; »geh nur, geh«, sagte sie, und ein spöttisches Lächeln flog um ihren Mund. Und zu meinem Erstaunen raffte nun der Leutnant, seinen Degen fassend, sich rasch wieder empor, seine Augen funkelten irr über die hohe Gestalt, die er, ich sah's wohl, tödlich haßte und rasend liebte, er konnte meinen Blick nicht ertragen, seine Kleider waren mit Blut besprizt von einer leichten Wunde am Arm, aber er bemerkte es nicht. So stürzte er von neuem fort in den Wald, und ein blutiger Streif bezeichnete seine Spur im Grase.

Nun wandte sich die Königin wieder zu mir, ich fragte sie, wo der Leutnant so lange gewesen. Sie schien zerstreut und gab verworren Antwort. Drauf fragte ich, wohin sie ginge. – »Auf den Anstand«, entgegnete sie lachend, »der Wind weht vom Gebirge, da wechselt das Wild, es gibt heut ein lustiges Jagen!« Jetzt traten wir droben aus dem

Gestrüppe, da sah ich tief unter uns meine gesamte Mannschaft, in buntem Gemisch mit vielen Eingebornen um Becher und Würfelspiel gelagert. Von der einen Seite ragte meine halbfertige Burg über die Wipfel, die dunkelte schon, Vögel schwärmten kreischend um die Mauern. – Ich hatte keine Ruh', es trieb mich zu den Meinen, die Königin führte mich auf dem nächsten Wege hinab. Sie lauschte oft in die Ferne, da hörte ich Stimmen, bald da, bald dort ein Laut, dann sah ich Rauchsäulen im Walde aufsteigen, ich hielt es für Höhenrauch nach dem schwülen Tage. Unterdes aber kam die Nacht und der Mond, die Bäche rauschten im Dunkeln neben uns, die Königin wurde immer schöner und wilder, sie riß am Wege leuchtende Blumen ab und kränzte sich und mich damit; so stieg sie mit mir von Klippe zu Klippe, selber wie die Nacht. Nun standen wir am letzten Abhange, schon konnte ich die Stimmen der Meinigen im Waldgrunde unterscheiden, da trat sie plötzlich vor mir auf den Fels hinaus und schleuderte ihren Jagdspeer übers Tal. Kaum aber sahen die unten zerstreuten Wilden ihn funkelnd blitzen über sich, so sprangen alle jauchzend auf und warfen sich wie Tigerkatzen über meine Leute, die sich der Tücke nicht versahen. Jetzt wurde mir auf einmal alles schrecklich klar. Ich zog und hieb voll Zorn erst nach der Königin, sie aber flog schon ferne durch den Wald, so stürzt ich nun den Meinigen zu Hülfe. Diese waren hart bedrängt, nur wenige hatten so schnell zu ihren Waffen gelangen können, ich sammelte, so gut es ging, die Verwirrten, meine unerwartete Gegenwart belebte alle, und in kurzer Zeit war das verräterische Gesindel wieder verjagt.

Aber rings am Saume des Waldes schwoll und wuchs nun die Schar unermeßlich, zahllose dunkle Gestalten mit Feuerbränden wirrten, sich kreuzend, durch die Nacht und steckten in grauenvoller Geschäftigkeit ringsum die Wälder an. Die Sonne hatte wochenlang gesengt über dem Lande, da griff das Feuer, an den Felswänden auf- und niedersteigend, lustig in die alten Wipfel, der Sturm faßte und rollte die Flammen auf wie blutige Fahnen, in der entsetzlichen Beleuchtung sah ich die Königin auf ihren Knien, als wollte sie die Lohen auf uns wenden mit ihrem schrecklichen Gebet. Kaum noch vermochten wir zu atmen in dem Rauch, der von Pfeilen schwirrte, von allen Seiten rückt' es rasch heran, das Schreien, das sprühende Knistern und Prasseln, nur manchmal von dem Donner stürzender Bäume unterbrochen; schon lief das Feuer in dem verdorrten Heidekraut über den Waldgrund, uns immer enger umzingelnd mit seinem furchtbaren Ringe. Da in der höchsten Not teilte der Wind auf einen Augenblick den Qualm, und wir gewahrten plötzlich eine dunkle Furt in den Flammenwogen. Ein reißender Waldstrom rang dort mit dem wilden Feuermanne, der zornig Wurzeln, Stämme und Kronen darübergeworfen hatte. Das rettete uns, wir eilten über die lodernden Brücken und erreichten in der allgemeinen Verwirrung glücklich das Meer, eh uns der große Haufen bemerkte.

Als wir aber an den Strand kamen, sahen wir zu unserm Schrecken unser Boot schon von den Eingeborenen besetzt. Die Königin war's, mit vielen bewaffneten Häuptlingen, sie schienen von unserm Schiffe herzukommen und sprangen soeben leis und heimlich ans Land.

Da sie uns erblickten, nicht weniger überrascht als wir, umringten sie eiligst ihre Königin und suchten uns in die Flammen zurückzutreiben. Auf diesem einsamen Platze aber waren wir die Mehrzahl, es entstand ein verzweifelter Kampf, denn unser aller Leben hing an einer Viertelstunde. Vergebens streckte die Königin mit ihrem tödlichen Geschoß meine kühnsten Gesellen zu Boden, die Häuptlinge fochten sterbend noch auf den Knien, und als der letzte sank, schwang ich die Schreckliche gewaltsam auf meinen Arm und stürzte mich mit ihr und den wenigen, die mir geblieben, in das Boot. – Es war die höchste Zeit, denn schon drangen die Eingeborenen aus allen Felsenspalten und brennenden Waldtrümmern wie ein Schwarm Salamander auf uns ein, und kaum hatten wir den Bord des Schiffes erklommen, so wimmelte die See von unzähligen bewaffneten Nachen. Ich ließ schnell die Anker lichten, ein frischer Wind schwellte die Segel, die Wilden folgten und bedeckten das Schiff mit einem Pfeilregen.

Nun aber brach auf dem Schiffe selbst der rohe Grimm der verwilderten Soldaten aus. Sie hatten, eh ich sie zügeln konnte, die Königin gebunden und verhöhnten sie mit gemeinen Spottreden; sie aber saß stolz und schweigend unter ihnen, als wäre sie noch die Herrin hier und wir ihre Gefangenen. Auf einmal erkannte sie einen Häuptling, der sich auf einem Kahne tollkühn genähert. Sich gewaltsam auf dem Verdeck hoch aufrichtend, fragte sie, ob alle Weißen von der Insel vertilgt seien, und da er's bejahte, winkte sie ihnen zu, unser Schiff zu verlassen. Die Wilden zögerten erschrocken und verwirrt, ein dunkles Gemurmel ging durch den ganzen Schwarm. Da befahl sie ihnen noch einmal mit lauter Stimme, eiligst an den Strand zurückzukehren, und zu unserm Erstaunen wandten sich alle, Boot auf Boot, aber ein wehklagender Abschiedsgesang erfüllte die Luft wie ein Grabeslied.

Mir war das Betragen der Königin unbegreiflich. Noch einmal leuchtete mir die Hoffnung auf, sie wolle alles verlassen und mit uns ziehn, als plötzlich der Schreckensruf: »Feuer!« aus dem untern Schiffsraum erscholl. Todbleiche Gesichter, auf das Verdeck stürzend, bestätigten das furchtbare Unheil. Das Feuer hatte die Planken der Pulverkammer erfaßt, an Löschen war nicht mehr zu denken, wir waren alle unrettbar verloren. Mich überflog eine gräßliche Ahnung. Ich sah die Königin durchdringend an; sie flüsterte mir heimlich zu, sie selber habe das Schiff angesteckt, als sie vorhin an Bord gewesen. – Jetzt züngelten die Flammen schon aus allen Luken aufs Verdeck hinauf, da, mitten in der entsetzlichen Verwirrung, zerriß sie plötzlich ihre Banden, und freudig und unverwandt nach den brennenden Wäldern schauend, streckte sie beide Arme frei in die sternklare Nacht wie ein Engel des Todes. In demselben Augenblick aber fühlte ich einen dumpfen Schlag, die Bretter wichen unter mir, meine Sinne vergingen, ich sah nur noch einen unermeßlichen Feuerblick wie tief in die Ewigkeit hinein.

Als ich wieder zu mir selbst kam, war alles still überm Meer, nur dunkle Trümmer des Schiffs und zerrissene Leichname meiner Landsleute trieben einzeln umher. Ich hatte im Todeskampf einen Mastbaum fest umklammert. Jetzt bemerkte ich einen Nachen der Eingebornen, der verlassen sich neben mir auf den Wellen schaukelte. Verwundet und zerschlagen, wie ich war, bot ich meine letzten Kräfte auf und warf mich todmüde hinein. Der Wind trieb mich dicht an dem umbuschten Gestade hin, der Mond schien blaß durch die Rauchwolken, auf der Insel aber hatte unterdes das Feuer auch meine Burg ergriffen, die Flammen schlugen aus allen Fenstern, langsam neigte sich der Turm, und Bogen auf Bogen stürzte alles donnernd in die Glut zusammen. Da sah ich im hellen Widerschein der Flammen fern die Leiche der Königin schwimmen in bleicher Todesschönheit, als schliefe sie auf dem Meere. Auf einem vorspringenden Felsen aber stand der Leutnant, auf sein blutiges Schwert gestützt, ganz allein, vom Feuer verbrannt; er bemerkte mich nicht, mein Schifflein flog um die Klippe – ich sah ihn niemals wieder.

Hier schwieg der Einsiedler, seine Seele schien tief bewegt. Da ihn aber seine Gäste noch immer fragend ansahen, hub er nach einem Weilchen von neuem an: »Was wäre nach jener Nacht noch weiter zu berichten! Ich rang mit Hunger, Sturm und Wogen, ich wünschte mir tausendmal den Tod und haschte doch begierig die zerstreuten Lebensmittel, Werkzeuge und Gerätschaften auf, die der Wind von dem zertrümmerten Schiff an meinen Nachen spülte. So warf die See mich endlich am dritten Tage an dies Eiland. – Hier zwischen diesen Wäldern stieg ich in die Felseneinsamkeit hinauf: meine Jugend, mein Ruhm und meine Liebe waren hinter mir im Meere versunken, und kampfesmüd hing ich mein Schwert an diesen Baum; da seht, da hängt's noch heut, von Blüten ganz verhüllt.«

»So seid Ihr Don Diego von Leon!« fuhr hier Antonio plötzlich auf, das Wappen seines Oheims auf dem Degengriff erkennend.

»Der war ich ehemals in der Welt«, erwiderte der Einsiedler, »wie kennt Ihr mich?«

Aber der überraschte Antonio lag schon zu seinen Füßen und umklammerte seine Knie, daß ihn des Alten langer weißer Bart wie Höhenrauch umwallte.

Noch bevor dies an der Klause vorging, war Alvarez unruhig aufgestanden und weiter hin unter die Bäume getreten, denn er glaubte einen seltsamen Gesang im Walde zu hören. Nun vernahm es auch der Einsiedler. Auf einmal richtete dieser sich gewaltsam aus Antonios Armen auf. »Im Namen Gottes«, rief er nach dem Walde hin, »wende dich ab und gehe ein zur ewigen Ruh'!« Antonio und Alvarez schauten erschrocken nach dem Fleck, wohin er starrte, und sahen mit Grauen die Frau Venus von der andern Insel zwischen den wechselnden Schatten über den Bergrücken schweifen. Der Hauptmann zog seinen Degen, man hörte die Flüchtige immer deutlicher und näher durch das Dickicht brechen. Jetzt trat sie unter den Bäumen hervor – es war Alma in der Tracht und dem Schmuck ihrer Heimat, so stand sie scheu und atemlos, sie hatte es unten nicht länger ausgehalten und schon lange Antonio zwischen den Felsen wieder aufgesucht.

Der Einsiedler verwendete keinen Blick von ihr. »Wer bist du?« sagte er endlich. »Du schaust wie sie und bist es doch nicht!« Alma aber war ganz verwirrt und sah ängstlich einen nach dem andern an. »Ich kann ja nichts dafür«, erwiderte sie dann zögernd, »sie sagten's immer, daß ich aussah wie meine Muhme, die tote Königin.« – »Mein Gott«, fiel hier Alvarez ein, »ihr macht mich ganz konfus; so war das also die Insel der wilden Königin, von der wir herkommen?« Alma nickte mit dem Köpfchen. »Auch die Meinigen«, sagte sie, »hielten mich damals, als wir fortfuhren, für die verstorbene Königin, sonst hätten sie euch sicherlich erschlagen.« Da das Mädchen sah, daß ihr niemand zürne, wurde sie wieder heiterer und gesprächiger. Sie erzählte nun, daß sie gar oft in ihrer Heimat von alten Leuten gehört, wie die tapfere Königin mit einem spanischen Schiff, das sie selber angezündet, in die Luft geflogen, in jener Schreckensnacht hätten sie dann ihren Leichnam aus dem Meere gefischt und mit den eroberten Fahnen und Waffen der Fremden in die Königsgruft gelegt, wo die besonders eisige Luft die Toten unversehrt erhalte. Nur Alonzo allein sei von den Spaniern zurückgeblieben. »Wie!« rief Alvarez, »so war der wahnsinnige Alte in seinem tollen Ornat derselbe gewesene Schiffsleutnant!« Alma aber fuhr fort: »Der arme Alonzo bewachte seitdem die tote Königin bei Tag und Nacht und meint', sie schliefe nur, bis er bei unsrer Abfahrt selbst den Tod gefunden.« Der Einsiedler war während dieser Erzählung in tiefes Nachdenken versunken. »Entsetzlich!« sagte er dann halb für sich, »nun ist er abgelöst von seiner schauerlichen Wacht – Gott sei ihm gnädig!«

Unterdes war Alma in die Felsenhalle gegangen und untersuchte dort alles mit furchtsamer Neugier. Alvarez aber rief sie wieder heraus, sie mußte sich zu ihnen vor die Klause setzen, und nun ging es an ein Fragen und Erzählen aus der alten Zeit, daß keiner merkte, wie die Nacht allmählich schon Berg und Tal verschattete.

Tiefer unten aber rumorte es noch immer im Walde, Sanchez machte eifrig die Runde, denn gab es hier auch nichts zu bewachen, den müßigen Gesellen war es in ihrer Langeweile eben nur um den Lärm zu tun. In einzelnen Trupps auf den waldigen Abhängen um die Wachtfeuer gelagert, sangen sie aus der Ferne schöne Lieder, und sooft sie pausierten, hörte man Meer und Wald heraufrauschen. Das hatte die arme Alma lange nicht gehört; sie plauderte froh in ihrer fremden Sprache und sang und tanzte den Kriegstanz ihres Volks. Diegos Augen aber ruhten bald auf ihr, bald auf dem blühenden Antonio, ihm war, als spiegelte sich wunderbar sein Leben wie ein Traum noch einmal wider.

Die Spanier lagen noch mehrere Tage auf dieser Insel, um günstigen Wind abzuwarten. Don Diego hatte, als er sein Haus im Felsen baute, Gold in Menge gefunden, das lag seitdem vergessen im Schutt. Jetzt fiel's ihm wieder ein, er verteilte den Schatz nach Amt und Würden an seine armen Gäste. Da war ein Jubilieren, Prahlen und Projektemachen unter dem glücklichen Schwarm, jeder wollte was Rechtes ausbrüten über seinem unverhofften Mammon und ließ allmählich die lustigen Reiseschwingen sinken in der schweren Vergoldung. Den Studenten Antonio aber verlangte wieder recht nach den duftigen Gärten der Heimat, um dort in den blühenden Wipfeln mit seinem schönen fremden Wandervöglein sich sein Nest zu bauen. So beschlossen sie alle einmütig, die neue Welt vorderhand noch unentdeckt zu lassen und vergnügt in die gute alte wieder heimzukehren. – Diego schüttelte halb unwillig den Kopf. »So«, sagte er, »hätte ich nicht getan, als ich noch jung war.«

In dieser Zeit erwachte einmal Alma mitten in der schönsten Sommernacht, es war, als hätte sie jemand im Schlafe auf die Stirne geküßt. Sie fuhr erschrocken halb empor und sah soeben Don Diego von dem Platze fortgehen, der zu ihrem Erstaunen ganz still und verlassen war. Als sie sich aber völlig ermunterte, vernahm sie tiefer unten ein verworrenes Getümmel, es war, als sei plötzlich über Nacht der Frühling gekommen: ein Jubel und Rufen und Durcheinanderrennen den ganzen Strand entlang.

Jetzt kamen auch mehrere Soldaten mit gefüllten Schläuchen von den Quellen im Walde herab. »Viktoria!« riefen sie ihr zu, »der Wind hat sich gedreht, nun geht's nach Spanien.« Da sprang Alma pfeilschnell auf, suchte emsig alles zusammen und schnürte ihr Bündel und jauchzte in sich, sie meinte, sie hätte den gestirnten Himmel noch niemals so weit und schön gesehen!

Indem sie aber noch so fröhlich hantierte, sah sie Antonio mit Don Diego eilig und in lebhaftem Gespräch vom Strande kommen. Auf der Klippe über ihr stand Diego plötzlich still. »Nun geh hinab«, sagte er zu Antonio, »du beredest mich nicht, ich bleibe hier. Mein Leben ist wie ein Gewitter schön und schrecklich vorübergezogen, und die Blitze spielen nur noch fern am Horizont wie in eine andere Welt hinüber. Du aber sollst dir erst die Sporen verdienen, kehre zurück in die Welt und haue dich tüchtig durch, daß du dir einst auch solchen Fels eroberst, der die Wetter bricht – weiter bringt es doch keiner. Fahre wohl!« Hier umarmte er gerührt den Jüngling und verschwand in der Wildnis. Antonio sah ihm lange in die nachtkühle Einsamkeit nach. – Da erblickte er auf einmal Alma dicht vor sich, schwang sie auf seinen Arm hoch in das aufdämmernde Morgenrot und stürzte mit ihr hinab.

Und als die Sonne aufging, flog das Schiff schon übers blaue Meer, der frische Morgenwind schwellte die Segel, Alma saß vergnügt mit ihrem Reisebündel und schaute in die glänzende Ferne, die Schiffer sangen wieder das Lied von der »Fortuna«, auf dem allmählich versinkenden Felsen der Insel aber stand Diego und segnete noch einmal die fröhlichen Gesellen, denen auch wir eine glückliche Fahrt nachrufen.

Libertas und ihre Freier

Ein Märchen

Es war einmal ein Schloß in Deutschland mit dicken Pfeilern, Bogentor und Türmchen, von denen Wind und Regen schon manchen Schnörkel abgebissen hatten. Das Schloß lag mitten im Walde und war sehr verrufen in der ganzen Gegend, denn man wußte nicht, wer eigentlich darin wohnte. Jemand konnte es nicht sein, sonst hätte man ihn doch manchmal am Fenster erblicken müssen; und niemand auch nicht, denn in dem Schlosse hörte man bei Tag und Nacht beständig ein entsetzliches Rumoren, Seufzen, Stöhnen und Zischen, als würde drin die Welt von neuem erschaffen; ja des Nachts fuhr bald da, bald dort ein Feuerschein aus einem der langen Schornsteine oder Fenster heraus, als ob gequälte Geister plötzlich ihre lechzenden Zungen ausstreckten. Über dem Schloßportal aber befand sich eine überaus künstliche Uhr, die mit großem Geknarre Stunden, Minuten und Sekunden genau angab, aber aus Versehen rückwärts fortrückte und daher jetzt beinahe schon um fünfzig Jahre zu spät ging; und jede Stunde spielte sie einen sinnigen Verein gebildeter Arien zur Veredlung des Menschengeschlechts, zum Beispiel:

> »In diesen heil'gen Hallen
> Kennt man die Rache nicht –
> Und Ruhe ist vor allen
> Die erste Bürgerpflicht usw.«

Die benachbarten Hirten, Jäger und andere gemeinen Leute aber waren das schon gewöhnt und fragten nicht viel darnach, denn sie wußten ohnedem von der Sonne schon besser, was es an der Zeit war, und sangen unbekümmert ihre eigenen Lieder. Wer aber recht genau aufpaßte, der konnte wirklich zuweilen zur Nachtzeit oder in der schwülen Mittagsstille den Schloßherrn aus dem großen Uhrportal hervortreten und auf den einsamen Kiesgängen des Ziergartens lustwandeln sehen; einen hagern, etwas schiefbeinigen Herrn mit gebogener Nase und langem Schlafrock, der war von oben bis unten mit allerlei Hieroglyphen und Zaubersprüchen verblümt und punktiert und hatte unten einige Zimbeln am Saume, die aber immer gedämpft waren, um ihn nicht im Nachdenken zu stören. Das war aber niemand anders als der Baron Pinkus, der große Nekromant, und die Sache verhielt sich folgendermaßen:

Vor geraumer Zeit und bevor er noch Baron war, hatte der Staatsbürger Pinkus auf dem Trödelmarkte in Berlin den ganzen Nachlaß des seligen Nicolai (der damals gerade altmodisch geworden, weil soeben die Romantik aufgekommen war) für ein Lumpengeld erstanden und machte in Ideen. Er war ein anschlägiger Kopf und setzte die Ware ab, wo sie noch rar war. So war er denn eines Tages an das abgelegene Schloß eines gewissen Reichsgrafen gekommen. Der Graf saß gerade in freudenreichem Schalle an der Mittagstafel mit seinem Stallmeister, Hofmarschall und dem anderen Hofgesind. Da riß es plötzlich so stark an der Hausglocke, daß die Kanarienvögel, Papageien und Pfauen vor Schreck zusammen schrien und die Puthähne im Hofe zornig zu kollern anfingen. Der Graf rief: »Wer ist da draußen vor dem Tore?« Der Page rief: »Was wollen Sie, mein Herr?« – »Menschenwohl, Jesuiten wittern und Toleranzen.« – Der Page kam: »Dem Menschen ist nicht wohl, er will einen Bitteren oder Pomeranzen.« – »Das verdenk’ ich ihm nicht«, entgegnete der Graf, »aber geh und frag’ noch einmal genauer, wer er sei.« – Der Page ging: »Ihr Charakter, mein Herr?« – »Kosmopolit!« – Der Page kam: »Großhofpolyp.« – Das Brockhausische Konversationslexikon war damals noch nicht erfunden, um darin nachschlagen zu können, es entstand daher ein allgemeines Schütteln des Kopfes, und der Graf war sehr neugierig, die neue Hofcharge kennenzulernen. So wurde nun Pinkus eingelassen und trat mit stolzer Männerwürde in den Saal, und nachdem die notwendigen Bewillkommnungskomplimente zu beiderseitiger Zufriedenheit glücklich ausgewechselt waren, begann er sogleich eine wohlstilisierte Rede von der langen Nacht, womit die schlauen Jesuiten das Land überzogen, kam dann auf den großen Nicolai, wie derselbe, da in dem Stichdunkel alle mit den Köpfen aneinanderrannten, in edler Verzweiflung seinen unsterblichen Zopf ergriff, ihn an seiner Studierlampe anzündete und mit dieser Fackel das Volk der Tugendusen, die bloß von Moral leben, siegreich bis mitten in die Ultramontanei führte. – Hier nahm der Hofmarschall verzweiflungsvoll eine Prise, und verschiedene Kavaliere gähnten heimlich durch die Nase. Aber Pinkus achtete nicht darauf, sondern fing nun an, den besagten Nicolaischen Zopf ausführlich in seine einzelnen philosophischen Bestandteile zu entwickeln. »Das ist ja nicht auszuhalten!« rief der Oberstallmeister mit schwacher, kläglicher Stimme, die anderen stießen schon schlummernd mit ihren Frisuren gegeneinander, daß der Puder stob, die Pfauen draußen hatten längst resigniert die Köpfe unter die Flügel gesteckt, im Vorzimmer schnarchte die umgefallene Dienerschaft fürchterlich auf Stühlen und Bänken. Es half alles nichts, der unaufhaltsame Pinkus zog immer neue, lange, vergilbte Papierstreifen aus dem erstandnen Nachlaß, rollte sie auf und murmelte fort und immerfort von Aufklärung, Intelligenz und Menschenbeglückung. – »Sapperment!« schrie endlich der Graf voll Wut und wollte aufspringen, aber er konnte nicht mehr, sondern versank mit dem ganzen Hofstaat in einen unauslöschlichen Zauberschlaf, aus dem sie alle bis heute noch nicht wieder erwacht sind.

»Man muß nur haben Verstand!« rief da der böse Nekromant und rieb sich vergnügt die Hände, legte sie aber nicht müßig in den Schoß, denn durch die offnen Türen, da niemand mehr da war sie zuzumachen, kam der Wind dahergepfiffen und griff unverschämt nach seinen Papieren; aus der großen Kristallflasche, die der Hofmarschall beim Einschlafen umgeworfen, war ihm das Wasser in die Schnallenschuhe gestürzt, und die Kerze, woran sie ihre Pfeifen anzuzünden pflegten, flackerte unordentlich und wollte durchaus die seidene Gardine anstecken. Pinkus aber hatte sie alle schon lange auf dem Korn und eine gründliche Verachtung vor der Luft, dem landstreicherischen Windbeutel, sowie vor dem Wasser, das keine Balken hat und immer nur von Stein zu Stein springen, glitzern, schlängeln und die unnützen Vergißmeinnichts küssen möchte, und vor dem Feuer, das nichts tut, als vertun und verzehren. Er trat daher entrüstet in den Garten hinaus, zivilisierte ohne Verzug jene ungeschlachten Elemente durch seine weitschweifigen Zaubersprüche, die keine Kreatur lange aushält, und stellte sie dann in dem verstorbenen Schlosse an. In demselben Schlosse aber legte er sofort eine Gedankendampffabrik an, die ihre Artikel zu Benlowskys Zeiten bis nach Kamtschatka absetzte und eben den außerordentlichen Lärm machte, den sich die dummen Leute in der Umgegend nicht zu deuten wußten. So war also der Staatsbürger Pinkus ein überaus reicher Mann und Baron geworden und befand, daß alles gut war.

Seitdem waren viele Jahre vergangen, da gewahrte man in einer schönen Nacht dort in der Gegend ein seltsames Zittern und Blinkern in der Luft, als würde am Himmel ganz was Absonderliches vorbereitet. Die Vögel erwachten darüber und reckten und dehnten noch verschlafen ihre Flügel, da sahen sie droben auch den Adler schon wach und fragten erstaunt:

>>Was gibt's, daß vom Horste
An der zackigen Kluft
Der Adler schon steigt
Und hängt überm Forste
In der stillen Luft,
Wenn alles noch schweigt?<<

Der Adler aber vernahm es und rief hinab:

>>Ich hörte in Träumen
Ein Rauschen gehn,
Sah die Gipfel sich säumen
Von allen Höhn –
Ist's ein Brand, ist's die Sonne,
Ich weiß es nicht,
Aber ein Schauer voll Wonne
Durch die Wälder bricht.<<

Jetzt schüttelten die Vögel geschwind den Tau von den bunten Wämsen und hüpften und kletterten nun selber in ihrem grünen Hause bis in die allerhöchsten Wipfel hinaus, da konnten sie weit ins Land hinaussehen, und sangen:

>>Sind das Blitze, sind das Sterne?
Nein, der Aar hat recht gesehn,
Denn schon leuchtet's aus der Ferne,
Daß die Augen übergehn.

Und in diesen Morgenblitzen
Eine hohe Frau zu Roß,

Als wär' mit den Felsenspitzen
Das Gebirge dort ihr Schloß.

Geht ein Klingen in den Lüften,
Aus der Tiefe rauscht der Fluß,
Quellen kommen aus den Schlüften,
Bringen ihr der Höhen Gruß.

Und die grauen Schatten sinken,
Wie sie durch die Dämmrung bricht,
Und die Kreaturen trinken
Dürstend alle wieder Licht.

Ja, sie ist's, die wir da schauen,
Unsre Königin im Tal!
O Libertas! schöne Fraue,
Grüß' dich Gott vieltausendmal!«

»Habt Dank, meine lustigen Kameraden!« rief da eine wunderliebliche
Stimme, die wie ein Glöcklein durch die Einsamkeit klang, und die
Lerche stieg sogleich kerzengerade in die Höh' und jubilierte: »Die Libertas ist da, die Libertas ist da!« – es wollt's niemand glauben. Sie
war's aber wirklich, die soeben zwischen dem Gesträuche auf den
Schloßberg heraustrat. Sie ließ ihr Rößlein frei neben sich weiden und
schüttelte die langen, wallenden Locken aus der Stirn; die Bäume und
Sträucher hatten sie ganz mit funkelndem Tau bedeckt, daß sie fast
wie eine Kriegsgöttin in goldner Rüstung anzusehen war. Hinter ihr
aber, wo sie geritten, zog sich's wie eine leuchtende Furt durchs Land,
denn sie war über Nacht gekommen, der Mond hatte prächtig geschie-
nen und die Wälder seltsam dazu gerauscht, in den Tälern aber schlief
noch alles, nur die Hunde bellten erschrocken in den fernen Dörfern,
und die Glocken auf den Türmen schlugen von selbst an, wo sie vor-
überzog.

»Ich wollte doch auch wieder einmal meine Heimat besuchen«,
sagte sie jetzt, »die schönen Wälder, wo ich aufgewachsen. Da ist viel
abgeholzt seitdem, das wächst sobald nicht wieder nach auf den kahlen
Bergen.« Nun erblickte sie erst das geheimnisvolle Schloß und den
Ziergarten. »Aber wo bin ich denn hier hingeraten?« fragte sie erstaunt.

Es schwieg alles; was wußten die Vögel von dem Baron Pinkus! Es war
ihr alles so fremd, sie konnte sich gar nicht zurechtfinden. »Das ist die
Burg nicht mehr, wo sonst meine liebsten Gesellen gewohnt. Mein
Gott! wo sind die alten Linden hin, unter denen wir damals so oft
zusammengesessen?« – Darüber wurde sie auf einmal ganz ernsthaft,
trat an den Abhang und sprach laut in die Tiefe hinaus:

>»Die gebunden da lauern,
> Sprengt Riegel und Gruft,
> Du ahnend Schauern
> Der Felsenkluft,
> Unsichtbar Ringen
> In der stillen Luft,
> Du träumend Singen
> Im Morgenduft!
> Brecht auf! schon ruft
> Der webende blaue
> Frühling durchs Tal.«

Und die Vögel jubelten wieder:

> »O Libertas, schöne Fraue,
> Grüß dich Gott vieltausendmal!«

Da ging erst ein seltsames Knistern und Flüstern durch die Buchsbäume
und Spaliere, fast grauenhaft, wie wenn sie heimlich miteinander reden
wollten in der großen Einsamkeit, drauf kam von den Waldbergen auf
einmal ein Rauschen immerfort wachsend über den ganzen Garten, es
war, als stiege über die Hecken und Gitter von allen Seiten verwildernd
der Wald herein, die Fontäne fing wie eine Fee mit kristallenen Gewändern zu tanzen an, und Krokus, Tulipanen, Königskerzen und Kaiser-
kronen kicherten lustig untereinander; im Schloß aber entstand zu
gleicher Zeit ein entsetzliches Krachen und Tosen, daß alle Türen und
Fenster aufsprangen. Da kam plötzlich Pinkus, ganz verstört und zer-
zaust, aus dem Haupttore mit solcher Vehemenz dahergeflogen, daß
die Schöße seines punktierten Schlafrocks weit hinter ihm dreinrausch-
ten. Er wollte vernünftig reden, aber der Frühlingssturm hatte ihn mit

erfaßt, er mußte zu seinem großen Ärger in lauter Versen sprechen und schrie ingrimmig:

»Bin ich selber von Sinnen?
Im Schlosse drinnen
Ein Brausen, Rumoren,
Alles verloren!
Die Wasser, die Winde,
Das Feuer, das blinde,
Die ich besprochen,
Wild ausgebrochen,
Die rasen und blasen
Aus feurigen Nasen
Mit glühenden Blicken
Brechen alles in Stücken!«

Hier stutzte er auf einmal, er hatte die Libertas erblickt, da schoß ihm plötzlich das Blatt. Er kannte sie zwar nicht von Person, aber der schlaue Magier wußte nun sogleich, wer die ganze Verwirrung angerichtet. Ohne Verzug schritt er daher auf sie los und forderte ihren Paß. Sie betrachtete ihn von oben bis unten, er sah vom Schreck so windschief und verschoben aus; sie mußte ihm hellauf ins Gesicht lachen. Da wurde er erst recht wild und rief die bewaffnete Macht heraus, die sich nun von allen Seiten mit großer Anstrengung mobil machte, denn der Friedensfuß, auf dem sie solange gestanden, war ihr soeben etwas eingeschlafen. Libertas stand unterdessen wie in Gedanken und wußte gar nicht, was die närrischen Leute eigentlich wollten. Doch sie sollte es nur zu bald erfahren. Pinkus befahl, die gefährliche Landstreicherin im Namen der Gesittung zu verhaften. Sie ward eiligst wie ein Wickelkind mit Stricken umwunden und ihr, in gerechter Vorsicht, darüber noch die Zwangsjacke angelegt. Da hätte man sehen sollen, wie bei dieser Arbeit manchem würdigen Krieger eine Träne in den gewichsten Schnurrbart herabperlte; aber der Patriotismus war groß, und Stockprügel tun weh. So wurde Libertas unter vielem Lärm in das mit dem Schlosse verbundene Arbeitshaus abgeführt.

Pinkus aber, nachdem er sich von der Alteration einigermaßen wieder erholt hatte, schrieb sogleich ein großes Renaissancefest aus, das in einem feierlichen Aufzuge aus dem chinesischen Lusthause nach dem Schloß bestand und wohl einer würdigeren Feder wert wäre. Da sah man nämlich zuerst zwölf weißgekleidete Mädchen, eine hinter der anderen vorschreitend, in den chinesischen Saal hereinschweben, sie trugen auf ihren Achseln eine wunderliche Festgabe, die wie eine lange Wurst oder wie ein gräulicher Wurm aussah. Damit traten sie in einer Reihe vor Pinkus, stellten sich auf das eine Bein und streckten das andere anmutsvoll in die Luft, während eine jede die rechte Hand auf ihr Herz legte, mit der linken aber das langschweifige Weihopfer hoch in die Höhe hob und alle lieblich dazu sangen:

>»Wir bringen dir der Treue Zopf
Von eigner Locken Seide,
Lang' trag ihn dein erhabner Kopf
Zu deines Landes Freude,
Kopf, Zopf und Lockenseide!«

Es war wirklich ein ungeheurer Zopf, den sie eiligst aus ihren eigenen Locken zusammengewunden hatten. Der gerührte Pinkus riß sich sofort den Haarbeutel vom Haupt, verehrte ihn unter angemessenen Worten den Jungfrauen, um ihn als teures Andenken in dem Prüfungssaale ihrer Pensionsanstalt aufzuhängen, und ließ sich dann den patriotischen Zopf im Genick befestigen, was sich sehr feierlich ausnahm, denn er schleppte ihn hinten etwas nach, so daß ihm jeder drei Schritt vom Leibe bleiben mußte, um nicht unversehens darauf zu treten. Jetzt aber begann der Zug durch den Garten. Voran schritten, wie eine Schar schneeweißer Gänse, die glücklichen Jungfrauen mit dem Haarbeutel auf sammetnem Kissen, ihnen folgte der Haushofmeister, an dessen Allongeperücke in der feuchten Abendluft die Locken aufgegangen waren und wie ein Fürstenmantel fast bis an die Fersen herabfielen, endlich kam Pinkus selbst, dem der Kammerdiener den Zipfel des Opferzopfes ehrerbietig nachtrug. Auch der Ziergarten, der seit Libertas gebunden war, hatte unterdes seine vorige würdige Haltung wiedergewonnen, und wo Pinkus vorüberschritt, präsentierte der marmorne Herkules mit seiner Keule, der geigende Apollo salutierte mit dem Fiedelbogen, und die Tritonen in den steinernen Becken bliesen auf ihren Muscheln aus Leibeskräften: Heil dir im Siegerkranz!
Die Geschichte machte damals großes Aufsehen in Deutschland. Die Schwalbe schoß ängstlich hin und her und schwatzte, und schrie von

allen Dächern und Zäunen: »Weh, weh, Frau Libertas ist gefangen!«
Die Lerche stieg sogleich wieder kerzengerade in die Höh' und meldete
es dem Adler, die Nachtigall schluchzte und konnt' sich gar nicht erholen, selbst der Uhu seufzte einigemale tief auf; die Rohrdommel aber
trommelte sofort Alarm, und der Storch marschierte im Paradeschritt
durch alle Wiesen und Felder und klapperte unablässig zum Appell.
Bald wurde es auch weiter im Walde lebendig; der Hase duckte sich
im Kohl und mochte von der ganzen Sache nichts wissen, der Fuchs
wollte erst abwarten, welche Wendung sie nehmen würde; der biedere
Bär dagegen ging schnaubend um und wurde immer brummiger, und
die Hirsche rannten verzweiflungsvoll mit ihren Geweihen gegen die
dicksten Eichen oder fochten krachend miteinander, um sich in den
Waffen zu üben.

Da kam zur selben Stunde der Doktor Magog dahergewandert, der
seinen Verleger nicht finden konnte und daher soeben in großer Verlegenheit war. Der hörte mit Verwunderung das ungewöhnliche Geschrei der Vögel; durch einen entflogenen Star, der reden gelernt, erfuhr
er alles, was geschehen, und wollte aus der Haut fahren über diese
Nachricht. »Ha!« rief er, und dabei fuhr ihm wirklich der Ellbogen aus
dem Ärmel. Aber sein Entschluß war sogleich gefaßt: er wandte sich
eiligst seitwärts nach dem Walde hin. Da erblickte ihn ein Köhler von
fern und rief ihm zu, wohin er ginge. – »Zum Urwald«, erwiderte
Magog. – »Seid Ihr toll?« schrie der Köhler wieder herüber:

»Kehrt um auf der Stelle,
Dort steht ein Haus,
Da brennt die Hölle
Zum Schornstein heraus,
Und auf der Schwelle
Tanzt der Teufel Kehraus.«

»Laßt ihn tanzen!« entgegnete Magog und schritt stolz weiter. Der
fromme Köhler sah ihm nach, bis er im Walde verschwunden war.
»So gnad' ihm Gott«, sagte er dann und schlug ein Kreuz. Magog aber
räsonierte noch lange innerlich: »Abergläubisches Volk, das im Mittel-
alter und in der Religion steckengeblieben! Darum wächst auch der
Wald hier so dumm ins Blaue hinein, daß man keinen vernünftigen
Fortschritt machen kann.«

So war er eine Weile durch das Dickicht vorgedrungen, als er unverhofft eine dünne Gestalt sehr eilfertig auf sich zukommen sah. Es war eine lange, hagere alte Dame in ganz verschossenem altmodischem Hofstaat, das graue Haar in lauter Papilloten gedreht, wie ein gespickter Totenkopf, die hatte unter jedem Arm eine große Pappschachtel, hielt mit der einen Hand ein zerrissenes Parasol über sich und stützte sich mit der anderen auf einen Haubenstock, – »Ist das der rechte Weg zum Urwald?« fragte Magog. – »Gewiß, leider, mein Herr«, erwiderte die Dame, sich feierlich verneigend. »Ja«, setzte sie darin mit außerordentlicher Geschwindigkeit in einem Striche fortredend hinzu – »ja, diese bäuerische ungesittete Nachbarschaft macht sich von Tag zu Tag breiter, besonders seit einigen Tagen, man sagt, die famose Libertas sei wieder einmal in der Luft, es ist nicht mehr auszuhalten in dieser gemeinen Atmosphäre, keine Gottesfurcht mehr vor alten Familien, aber ich hab' es meinem hochseligen Herrn Neveu immer vorausgesagt, das war auch so ein herablassender Volksfreund, wie sie es nennen, ja das eine Mal embrassierte er sich gar mit dem Pöbel, da haben sie ihn jämmerlich erdrückt, und nun gar wir Jungfrauen sind beständigen Attacken ausgesetzt, und so sehe ich mich soeben bemüßigt zu emigrieren; o Sie glauben gar nicht, mein Herr, was so eine arme Waise von Distinktion sich zerärgern muß in der gegenwärtigen Abwesenheit aller Tugenden von Stande!« Hier kam sie vor großem Eifer ins Singen und machte plötzlich einen langen, feinen Triller wie eine verdorbene Spieluhr, bis sie sich endlich ganz verhustete. Magog, der ihr voll Erstaunen zugehört, brach in ein schallendes Gelächter aus. Darüber geriet die Dame in solchen Zorn, daß sie verächtlich und ohne Abschied zu nehmen eiligst weiter emigrierte. – »Ohne Zweifel die Urtante, da kann ich nicht mehr weit haben«, dachte Magog und schritt getrost wieder vorwärts. Bald aber verlor sich der Fußsteig vor seinen Füßen, der Forst wurde immer wilder und dichter, von fern nur sah er eine seltsame Rauchsäule über die Wipfel aufsteigen; da gedachte er der Warnung des Köhlers und des wüsten Hauses, aus dem die Hölle brennen sollte. Aber ein rauchender Schornstein war ihm von jeher ein anziehender Anblick, und so klomm er mühsam eine Anhöhe hinan, um das ersehnte Haus zu entdecken. Doch zu seinem Schrecken bemerkte er, daß es ringsum bereits zu dunkeln anfing. Jetzt begann es auch unten am Boden schon sich geheimnisvoll zu rühren, Eidechsen raschelten durch das trockene Laub, die Fledermäuse durchkreuzten mit leisem

Flug die Dämmerung, aus den feuchten Wiesen krochen und wanden sich überall trägringelnd lange Nebelstreifen und hingen sich an die Tannenäste wie Trauerflöre, und als Magog endlich droben ins Freie trat, stieg die kühle stille Nacht über die Wälder herauf und bedeckte alles mit Mondschein. Auch die Rauchsäule konnte er nicht mehr bemerken, es war, als hätte die fromme Nacht die Hölle ausgelöscht. Da beschloß er, hier oben den Morgen abzuwarten, streckte sich auf das weiche Moos hin, schob sein mit Manuskripten vollgepfropftes Reisebündel unter den Kopf, betrachtete dann noch eine Zeitlang die zerrissenen Wolken, die über ihm dahinjagten und manchmal wie Drachen nach dem Monde zu schnappen schienen, und war endlich vor großer Müdigkeit fest eingeschlafen.

So mochte er eine geraume Zeit geruht haben, da meinte er mitten durch den Schlummer ein Geflüster zu vernehmen und dazwischen ein seltsames Geräusch, wie wenn ein Messer auf den Steinen gewetzt würde. Die Stimmen kamen immer näher und näher. »Er schläft«, sagte die eine, »jetzt ist's die rechte Zeit.« – »Ein schlechter Braten«, entgegnete eine andere tiefe Stimme, »er ist sehr mager, hab' seinen Futtersack untersucht, den er unterm Kopfe hat, er lebt bloß von Papier.« – Nun schien es dem Magog, als hörte er auch die emigrierte Tante leise und eifrig dazwischenreden in verschiedenen unbekannten Sprachen, die anderen antworteten ebenso, die Wipfel rauschten verworren drein, auf einmal schlug sie wieder ihren schrillenden Triller. Da sprang Magog ganz entsetzt auf – es war ein heiserer Hahn, der fern im Tale krähte. Verstört blickte er um sich, der Morgen blitzte zu seinem Erstaunen schon über die Wälder, er wußte nicht, ob ihm das alles nur geträumt oder sich wirklich ereignet hatte.

Jetzt sah er auch die Rauchsäule von gestern wieder emporwirbeln, er hielt es für einen unverhofften feuerspeienden Berg. Als er indes näher kam, erkannte er, daß es nur eine ungeheure Lehmhütte war, in welcher wahrscheinlich das Frühstück gekocht wurde. In diesen tröstlichen Gedanken ging er also unaufhaltsam darauf los. Auf einmal aber blieb er ganz erschrocken stehen. Denn auf dem Rasenplatze vor der Hütte war ein Riesenweib wahrhaftig soeben damit beschäftigt, ein großes Schlachtmesser zu wetzen. Sie schien ihn nicht zu bemerken oder weiter nicht zu beachten, weil er so klein war, und in demselben Augenblick brachen auch mehrere Riesenkinder mit großem Geschrei aus der Hütte und zankten und würgten und rauften untereinander, daß die Haare davonflogen. Über diesem Lärme aber erhob sich plötzlich eine wunderbare, baumlange Gestalt und gähnte, daß ihr die Morgensonne bis tief in den Schlund hineinschien. Der Mann war greulich anzusehen, ungewaschen und ungekämmt, wie ein zerzaustes Strohnest, und hatte eine ungeheure Wildschur an, die war aus lauter Lappen und Fetzen von Fuchsbalg, wilden Schweinshäuten und Bärenfellen zusammengeflickt. – »Herr Rüpel?!« rief da Magog in freudigem Erstaunen. – »Wer ruft mich?« erwiderte der Riese noch halb im Schlafe und sah den Fremden verwundert an. – »Sie eben hab' ich aufgesucht«, entgegnete Magog, »eine höchst wichtige Angelegenheit.« – Aber Rüpel hatte gerade mit der Kindererziehung zu tun. »Hetzoh!« schrie er den Jungens zu, die noch immerfort rauften, »du da wirst dich doch nicht unterkriegen lassen, frisch drauf!« Dann streckte er unversehens sein langes Bein vor, da stürzten und kollerten die Verbissenen plötzlich verworren übereinander, während die Riesenmutter voller Zorn ihren Kehrbesen mitten in den Knäuel warf. Darüber kamen alle in ein so herzhaftes Lachen, daß der Wald zitterte.

Da nun Magog die Familie in so guter Laune sah, faßte er sich ein Herz und rückte sogleich mit seinem eigentlichen Plane heraus. »Herr Rüpel«, sagte er, »ich bin ein Biedermann und kenne kein Hofieren und keinen Hof, als den Hühnerhof meiner Mutter, aber das muß ich Ihnen rund heraussagen: Ihre Macht und Gesinnungstüchtigkeit ist durch ganz Europa ebenso berühmt als geschätzt und ebenso geschätzt als gefürchtet. Darum wende ich mich vertrauensvoll an Ihr großes Herz und rufe: Wehe und abermals wehe! Die Libertas ist geknechtet! – Wollen wir das dulden?« – »Libertas? Wer ist die Person?« fragte Rüpel. – »Libertas?« erwiderte Magog, »Libertas ist die Schutzpatronin aller Urwälder, die Patronin dieses langweiligen – wollt' sagen: altheiligen Waldes.« – »I bewahre«, fiel ihm hier die Riesin ins Wort, »unsere Grundherrschaft ist das gnädige Fräulein Sibylla da draußen.« – »Was? die mit den Papilloten und großen Haubenschachteln?« rief Magog, den dieser unerwartete Einwurf ganz aus dem Konzept gebracht hatte. Aber er faßte sich bald wieder. »Grundherrschaft!« fuhr er fort, »schützt die Grille Krokodile, der Frosch das Rhinozeros, der Weißfisch den Haifisch? – Wer die Macht hat, ist der Herr, und Ihr habt die Macht, wenn die Libertas regiert, und habt die Macht nicht, wenn die Libertas gefangen ist, und die Libertas ist gefangen – ich frage also nochmals, wollen wir das dulden?«

Hier aber wurde er, da er eben im besten Zuge war, durch einen seltsamen Auftritt unterbrochen. Ein Reiher kam nämlich pfeilschnell dahergeschossen, setzte sich gerade auf seinen zerknitterten Kalabreser, drehte ein paarmal mit dem dünnen Halse, verneigte sich dann feierlich vor der Gesellschaft und sagte: »Sie lassen alle ihren Respekt vermelden und es tut ihnen sehr leid, aber sie können heut und morgen nichts bringen, wir haben alle außerordentlich Wichtiges zu tun; schönen guten Morgen!« Und damit sich abermals höflich verneigend, schwang er sich wieder in die Lüfte. – »Guten Morgen, Herr Fischer«, erwiderte Rüpel, ihm ganz verblüfft und mit einer verzweifelten Resignation nachschauend. Jetzt sah man auf einmal auch einen ungeheuren Schwarm wilder Gänse über den Wald fortziehen, einen alten gewiegten Gänserich voran, alle die Hälse wie Lanzen weit vorgestreckt und in einem spitzen Keile dahinstürmend, als wollten sie den Himmel durchbrechen, und dabei machten sie ein so entsetzliches kriegerisches Geschreie, daß man sein eigenes Wort nicht hören konnte. Währenddes aber hatte der eine Riesenknabe sich mit dem Ohre auf den Boden gelegt und sagte: »Draußen im Grunde hör’ ich ein groß’ Getrampel, man kann die Tritte deutlich unterscheiden: Hirsche, Auerochsen, Bären, Damhirsche, Rehe, zieht alles wild durcheinander den großen See entlang.« – »Die Tollköpfe!« rief die Riesenmutter aus, »da haben sie gewiß wieder Verdruß gehabt mit dem gnädigen Fräulein und haben unseren guten Wald in Verruf getan und wandern aus; denn das Fräulein ist ihnen immer spinnefeind gewesen und ließ sie mit Hunden hetzen und schinden und braten obendrein.«

»Nein, nein, die alte Spinne ist ja selber ausgewandert, ich bin ihr gestern begegnet«, sagte Magog voll Verwunderung, »aber warum nehmen Sie sich denn die Sache so sehr zu Herzen, teuerste Frau von Rüpel?«

»Wie sollt’ ich nicht!« erwiderte die Riesin, »ach wir armen Waldleute müssen uns gar kümmerlich durchhelfen mit der großen Familie. Sehen Sie, lieber Herr, ich und mein Mann arbeiten hier für die vornehmen Tiere: Hirsche, Rehe und anderes Hochwild um Tagelohn, den wir von ihnen in Naturalien beziehen. Des Abends spricht mancher Edelhirsch bei uns ein, wenn er nachts auf die Freite gehen will, da muß ihm mein Mann die Pelzstiefelchen putzen, dafür erhalten wir denn die Felle der verunglückten Kameraden und die abgeworfenen Geweihe in die Wirtschaft. Alle Morgen aber kommen die Bären und lassen sich ihre Pelze ausklopfen und bringen uns große Honigfladen, oder ein paar wilde Schweine lassen sich ihre Hauer schleifen und werfen uns zum Dank einen fetten Frischling auf die Schwelle, denn die Zeiten sind schlecht, da kommt es ihnen auf ein Kind mehr oder weniger nicht an. Ich aber flechte Nester für die Adler, Habichte und Auerhühner, und die lassen uns dann im Vorüberfliegen einen Hasen oder ein Zicklein herunterfallen oder legen uns nachts einige Schock Eier vor die Tür, wenn sie eben nicht Lust haben, alle auszubrüten. Und nun – ach das große Unglück! jetzt haben wir unsere Kundschaft verloren und stehen ganz verlassen in der Welt, o! o!« – und hier fing sie jämmerlich zu heulen an, und der Riese, der sich lange gehalten, stimmte plötzlich furchtbar mit ein.

Da trat Magog mannhaft mitten unter sie. »Das soll bald anders werden!« rief er; »kennt ihr das Schloß des Baron Pinkus?« Der Riese entgegnete, er habe es wohl von fern gesehen, wenn er manchmal zur Unterhaltung bis all den Rand des Waldes gegangen, um die Köhler und andere kleine Leute zu schrecken. – »Nun gut«, fuhr Magog fort, »dort eben sitzt die Libertas gefangen. Seht, mich hat auch die Welt nur auf elende Lorbeeren gebettet, daß ich mir an dem stacheligen Zeug schon den ganzen Ärmel am Ellbogen durchgelegen; darum habe ich ein Herz für das arme Riesenvolk. Die Libertas ist eine reiche Partie, wir müssen sie befreien! Dabei kann es vielleicht einige Püffe setzen, was frag' ich darnach! Ihr habt ja ein dickes Fell, alles für meine leidenden Brüder! Mit einem Wort: Ihr befreit sie und ich heirate sie dann und Ihr seid auf dem Schlosse Portier und Schloßwart und Haushofmeister, eh' man die Hand umdreht. Topp, schlagt ein – aber nicht zu stark, wenn ich bitten darf.«

Darüber war Rüpel ganz wild geworden und schritt, ohne ein Wort zu sagen, so eilig in die Hütte, daß Magog nur mühsam und mit vorgehaltenen Händen tappend folgen konnte. Denn sie stiegen über viele ungeschickte Felsenstufen in eine große Höhle hinab, über welcher der Berg, den Magog für die Hütte gehalten, nur das Dach und den Schornstein bildete. Im Hintergrunde der Höhle hing ein Kessel über dem Feuer, ein zahmer Uhu mit großen funkelnden Augen saß in einem Felsenspalt daneben und fachte mit seinen Flügeln die Flamme an und schnappte manchmal nach den Fledermäusen, die geblendet nach dem Feuer flogen. Die Flamme warf ein ungewisses Licht über die rauhen und wunderlichen Steingestalten umher, die bei den flackernden Widerscheinen sich heimlich zu bewegen schienen, und mächtige Baumwurzeln drängten sich überall wie Schlangen aus den Wänden, in der Tiefe aber hörte malt ein Picken und Hämmern und unterirdische Wasser verborgen gehen, und dazwischen rauschte der Wald immerfort durch die offene Tür herein. Rüpel aber rumorte eifrig in der Höhle herum, er schien allerlei zusammenzusuchen. Auf einmal wandte er sich zu Magog: »Und damit Punktum, ich geh' mit auf die Befreiung!«

Da nun die Riesin merkte, wo das alles eigentlich hinauswollte, wurde sie plötzlich ganz empfindlich und nannte ihren Mann einen alten Bummler und den Magog eitlen verlaufenen Schnappsackspringer, der nur gekommen, das häusliche Familienglück zu stören. Vergebens hielt ihr Magog den Patriotismus und den gebieterischen Gang der neuen Weltgeschichte entgegen. Sie behauptete, sie hätten schon hier im Hause Geschichten genug und nicht nötig, noch neue zu machen, und die ganze Geschichte ging' die Welt gar nichts an! So entspann sich unversehens ein bedenklicher Streit. Rüpel fluchte, die Riesin zankte, die Kinder schrien, und draußen war von dem Lärm das Echo aus dem Morgenschlummer erwacht und schimpfte immerfort mit drein, man wußte nicht, ob auf Rüpel, auf Magog oder auf die Riesin.

Da hob sich auf einmal im Boden ein Stein dicht neben Magog, der erschrocken die Beine einzog, denn er meinte, es wollte ihn ein Riesenmaulwurf in die Zehen beißen. Es war aber nur eine heimliche Falltür, und aus dieser fuhr mit halbem Leibe ein winziges Kerlchen mit altem Gesicht und spitzer Mütze zornig empor: »Was macht ihr heute hier oben wieder für ein greuliches Spektakel«, sagte er mit seiner dünnen Stimme, »wenn ihr nicht manierlich seid, kündigen wir euch die Miete auf!« Dabei tat es einen glühenden Blick aus der Tiefe herauf, und Magog konnte durch die Öffnung weit hinabschauen. Da sah er unzählige kleine Wichte, jedes eine Grubenlampe auf dem Kopf, in goldenen Eimern wundersam singend auf und nieder schweben, und ganz unten blitzte und funkelte es bei den vielen irrenden Lichtern von Diamanten, Kristallen und Saphiren wie ein prächtiger Garten. – »Um Gottes willen«, rief die Riesin ihm leise und ängstlich zu, »schaut nicht so hin, man wird wahnsinnig, wenn man lange da hinuntersieht; das sind unsere Hausherren, die Zwerge und Grubenleute, die unter uns wohnen und uns diese Dachkammer für ein Billiges überlassen haben.« Aber Rüpel, dem noch der vorige Zank in den Gliedern steckte, hatte schon mit dem Fuße nach dem Zwerglein gestoßen und hätte es sicherlich zertreten, wenn es nicht fix wieder untergeduckt und den Stein hinter sich zugeklappt hätte.

Sodann ergriff Rüpel rasch seinen knotigen Wanderstab, warf einen Sack über die Schultern und stand in seinen Pelzhäuten wie eine Kürschnerbude reisefertig in der Tür. Da hätte man nun die feierliche Abschiedszene sehen sollen, die wohl geeignet war, ein fühlendes Herz mit den sanftesten Regungen zu erfüllen! Die Riesin hing mit aufgelöstem Haar am Halse des geliebten Mannes und schluchzte außerordentlich: auch von seinem gerechten Schmerze zeugte eine ungeheure Träne im Auge, die lieben Kleinen umklammerten kindlich lallend die Knie ihres verehrten Erzeugers, da hörte man nichts, als die süßen Namen: Papa und teurer Gatte und treue Lebensgefährtin! Aber Rüpel zerdrückte die Träne und riß sich los wie ein Mann. »Weib, du sollst von mir hören!« rief er und schritt majestätisch in den Wald hinein, und Magog versäumte nicht, ihm auf das allereilfertigste nachzufolgen, denn hinter ihnen hörte er noch immer die Stimme der verwaiseten Familienmutter und konnte nicht recht unterscheiden, ob sie noch immer weinte oder etwa von neuem schimpfte.

Endlich war alles verhallt, man vernahm nur noch den Tritt der einsamen Wanderer. Magog bemerkte mit vieler Genugtuung den langen Fortschritt seines Reisekumpans, und da er seinen Rücken recht betrachtete, freute er sich dieser breitesten Grundlage und lud ihm auch noch sein eigenes Ränzel mit auf, das freilich nicht sonderlich schwer war. Durch die Wildnis aber wehte ihnen ein kräftiger Waldhauch entgegen, da wurden beide ganz lustig. Rüpel erzählte, wie er eigentlich von dem berühmten deutschen Bärenhäuter abstamme. Magog aber stimmte sein Lieblingslied an:

»Von des Volkes unverjährbaren Rechten
Und der Tyrannen Attentaten,
Die die Völker verdummen und knechten,
Fürsten und Pfaffen und Bureaukraten.«

»Und Bier und Braten!« fiel hier Rüpel jubelnd mit ein. – »Haben Sie etwas mit?« wandte sich Magog rasch herum. Rüpel schüttelte mit dem Kopfe. – »Ha, also nur immer vorwärts, vorwärts!« ermutigte Magog.

Über dem Singen und den vergnügten Gesprächen aber hatte Rüpel unvermerkt den rechten Weg verloren. Vergebens bestieg er nun jeden Berg, dem sie begegneten, um sich wieder zurechtzufinden; man sah nichts als Himmel und Wald, der wie ein grünes Meer im frischen Winde Wellen schlug, so weit die Blicke reichten. Und fragen konnten sie auch niemand. Denn der Lärm, den sie unterwegs machten, war groß, und wo sie etwa ein einsamer Hirt oder Jäger hörte und des erschrecklichen Riesen ansichtig wurde, entfloh er sogleich oder verbarg sich im dicksten Gebüsch, bis sie vorüber waren. So irrten sie den ganzen Tag umher.

Des Abends, da sie schon sehr hungrig waren, kamen sie endlich an eine anmutige Anhöhe, an der unten ein Fluß vorüberging. Jenseits des Flusses aber lag ein weiter wüster Platz, rings vorn finstern Walde eingeschlossen, und auf dem Platze lagen einzelne Felsblöcke zerstreut, wie Trümmer einer verfallenen Stadt, was sehr einsam anzusehen war. Auf dieser Höhe machte Rüpel plötzlich Halt und ließ den Magog seitwärts zwischen das Gebüsch treten und sich dort ganz still verhalten. Er selbst aber setzte sich mitten auf die Höhe, zog sein haariges Wams, gleich einer Nebelkappe, aus der nur seine großen Augen hervorfunkelten, bis über den Kopf herauf, kniff aus den Fellen ein paar seltsame Ohren darüber und breitete mit beiden Armen den Pelzmantel aus wie zwei Flügel, so daß er wie eine ungeheure Nachteule aussah. Es dauerte auch nicht lange, so kamen von allen Seiten die schreckhaften Vögel, wilde Auerhühner, Birkhähne und Fasanen mit großem Geschrei herbei und stießen und hackten auf das Ungetüm; und als der Schwarm am dicksten, schlug er rasch beide Pelzflügel über ihnen zusammen und schob alles in seine weitläufigen Manteltaschen. – »Das hab' ich von meinem Urgroßvater Kauzenweitel gelernt«, rief er sehr zufrieden aufstehend zu Magog hinüber. Dann ging er zu dem Fluß hinab und streckte sich unter dem hohen Schilfe platt auf den Leib am Ufer hin. Magog meinte, er sei durstig und wolle den Fluß austrinken; aber Rüpel ließ bloß seinen verworrenen Bart ins Wasser gleiten, den hielten die klügsten Hechte und die breitmauligsten Karpfen für spielendes Gewürm, und so oft sie danach schnappten, schnappte Rüpel auch nach ihnen und hatte gar bald mehrere Mund voll auserlesene Fische aufs Trockne gebracht. Darauf kehrte er wieder zu Magog zurück, holte aus seinem Reisesack einen Feldkessel, Bratspieß, Messer und Gabeln hervor und schlug sich mit der Faust auf beide Augen, daß es Funken gab. Daran zündete er ein großes Feuer an und fing sogleich mit vielem Eifer zu kochen und zu braten an; und eh' es noch dunkel wurde, saßen beide Wanderer um die lustige Flamme gelagert und schmausten in freudereichem Schalle.

Unterdes war die Nacht herangekommen, in dem Feuer neben ihnen flackerte nur noch manchmal ein blaues Flämmchen auf; sie richteten sich daher in dem trocknen Laube, so gut es gehen wollte, zur Ruhe ein und waren auch beide sehr bald eingeschlafen. Es mochte aber noch lange nicht Mitternacht sein, als Magog wie in seiner ersten Reisenacht, wieder ein seltsames Rauschen und Murmeln vernahm, das bald schwächer, bald wieder lauter wurde, fast wie das verworrene Brausen einer fernen Stadt. Er richtete sich mit halbem Leibe auf, aber diesmal war es kein bloßer Traum. Denn obgleich der Mond zwischen vorüberjagendem Gewölk den wüsten Platz jenseits des Flusses nur flüchtig beleuchtete, so konnte er doch zu seinem Erstaunen deutlich bemerken, daß der Platz jetzt ganz belebt war. In einem weiten Halbkreise am Waldrande drüben lagen nämlich, dicht Kopf an Kopf gereiht, zahllose Auerochsen, zunächst hinter ihnen standen Rehe und Damhirsche, über diese hinweg starrte dann ein ganzer Wald von Hirschgeweihen, und weiterhin noch bis tief in die Schatten des Waldes schien es verworren zu wimmeln und zu drängen, denn sooft ein Mondstrahl das Dunkel streifte, sah man da und dort den Kopf eines Einhorns oder bärtigen Elens sich abenteuerlich hervorstrecken, und zwischen ihren Beinen Marder, Iltis und andere geringe Tiere geschäftig hin und her schlüpfen. Selbst die Bäume, die den Platz von der einen Seite umschlossen, waren von allerlei großen und kleinen Vögeln bedeckt, daß sie aussahen wie Weinstöcke im Herbst, und man nicht wußte, was Blatt oder Vogel war, rings um den Platz aber machten Störche ernsthaft die Runde und hoben die langen Schnäbel gegen den Wind, ob etwa von fern ein Feind nahe.

»Aha, das sind gewiß die Tiere, die der Riesenknabe schon heute früh in der Ferne hat marschieren gehört«, dachte Magog und wollte, als er sich vom ersten Erstaunen ein wenig erholt, geschwind den Rüpel wecken und rüttelte und schüttelte ihn mit großer Anstrengung aus Leibeskräften. Der tat aber nach der guten Mahlzeit einen schweren Schlaf, er hob bloß den Kopf in die Höh' und glotzte ihn an, ohne etwas zu sehen, dann wälzte er sich auf die andere Seite und schnarchte so schrecklich weiter, daß von dem Atem die nächsten Bäume sich auf und nieder bogen.

Nun schaute Magog still und unverwandt nach dem Platze hinüber, denn er war sehr neugierig, was die Tiere in dieser Einsamkeit eigentlich vorhätten. Da sah er, wie ein Auerochs plötzlich aus der vorderen Reihe brach, mit einem gewaltigen Satze auf einen der umherliegenden Steinblöcke sprang und, nachdem er mit seinem zottigen Haupte sich dreimal vor der Versammlung verneigt, sofort eine donnernde Rede begann. Dabei brüllte er mitten im Sprechen oft plötzlich furchtbar auf, scharrte mit dem einen Vorderfuß, ringelte wütend den Schweif in die Luft und schüttelte die Mähne, daß man beim Mondschein seine rotglühenden Augen rollen sah. Magog konnte nichts davon verstehen, aber die Rede mußte sehr hinreißend sein, denn als er endlich von dem Steine wieder zu seinen Kameraden zurücksprang, ging ein freudiges Brüllen, Schnurren und Scharren durch die ganze Versammlung, und alle Hirsche schlugen mutig mit ihren Geweihen zusammen. Darauf hatte ein Bär das Wort erhalten. Auch dieser kletterte bedächtig auf einen der Steine herauf, stellte sich auf die Hinterbeine und streckte während seiner Ansprache bald das eine, bald das andere Vorderbein weit vor sich aus, dann legte er die eine Tatze an sein Herz – er konnte vor Rührung nicht weiter und mußte abtreten. Jetzt ließ sich unerwartet aus irgendeinem dunklen Winkel ein Uhu auf dem Steine nieder. Das wollten die andern Vögel durchaus nicht leiden, ja ein kecker Nußhäher schoß plötzlich hervor und hackte nach ihm, aber die wachthabenden Störche stellten klappernd sogleich die Ruhe wieder her. Nun schüttelte der Uhu seine Federn auf, daß er aussah wie eine Allongeperücke, klappte zum Gruß dreimal mit dem Schnabel, setzte eine Brille auf und fing aus einem Blatte, das er mit der einen Klaue vor sich hielt, zu lesen an. Er schien alles sehr weitläufig und gründlich auseinanderzusetzen, denn die ganze Gesellschaft hörte dem gelehrten Redner so aufmerksam zu, daß man dazwischen das Wiederkäuen der Ochsen vernehmen konnte; nur die ungeduldigen Vögel in den Bäumen, die nun einmal ärgerlich geworden, störten leider zuweilen die feierliche Stille durch plötzliches ungebührliches Schreien und Raufen. Unterdes aber ging die Vorlesung ohne Komma und ohne Punktum in einem Tone immer fort und fort, wie murmelnde Bäche und spinnende Kater, und Magog wußte nicht, wie lange die Rede gedauert, denn ehe sie noch ihr Ende erreicht hatte, war er über dem einförmigen Gemurmel, so sehr er sich auch dagegen sträubte, unaufhaltsam eingeschlummert.

Er hätte auch wahrscheinlich bis in den Tag hinein geschlafen, wenn ihn nicht mitten in der Nacht Rüpel auf einmal durch unablässiges Rufen geweckt hätte. Sein erster Blick fiel auf den geheimnisvollen Platz drüben, der war aber, als wäre eben nichts geschehen, wieder so still und einsam wie gestern. Rüpel aber verzehrte bereits mit großem Appetit die Überbleibsel vom gestrigen Mahle und hatte auch ein gut Stück davon für Magog zurückgelegt. Da dieser ihm nun erzählte, was er in der Nacht jenseits des Flusses gesehen, gab Rüpel wenig darauf und meinte, das sei ohne Zweifel eine geheime Verschwörung, da kümmere er sich nicht darum, wenn er nur sein Auskommen habe. Mit dem Auskommen aber stehe es heute gerade sehr schlimm. Er habe nämlich jetzt erst an den Gestirnen die rechte Richtung erkannt, sie seien ganz auf den Holzweg geraten und hätten noch weit zu gehen. In dieser Richtung gebe es jedoch keinen Fluß, um darin zu fischen, und mit dem vom seligen Kauzenweitel ererbten Kunststück sei es auch nichts, weil die verschwornen Vögel heut alle nicht zu Hause seien. Sie mußten daher eilen, um womöglich noch in der Nacht ihr Ziel zu erreichen.

So geschah es also, daß sie noch zur selben Stunde, nachdem sie sich gehörig gestärkt hatten, ihren Befreiungszug unverdrossen wieder fortsetzten. War aber schon der Anfang dieser Nacht schön gewesen, so war sie jetzt noch viel tausendmal schöner. Die Sterne blinkten durch das dunkle Laub, als ob die Bäume silberne Blüten trügen, und der Mond ging wie ein Einsiedler über die stillen Wälder und spielte melancholisch mit der schlummernden Erde, indem er bald einen Felsen beleuchtete, bald einen einsamen Grund in tiefen Schatten versenkte und Berg und Wald und Tal verworren durcheinanderstellte, daß alles fremd und wunderbar aussah. Auf einmal blieb Rüpel stehen, denn ein seltsam schweifendes Licht streifte die Spitzen des Gebüsches vor ihnen. Sie bogen die Zweige vorsichtig auseinander und erblickten nun mehrere schöne schlanke Mädchengestalten in leuchtenden Gewändern, die sich bei den Händen angefaßt hatten und dort einen Ringeltanz hielten. Ihre langen blonden Haare flogen in der leisen Luft, daß es wie ein Schleier von Mondschein um sie her wehte, und doch sahen sie aus wie Kinder und berührten mit den zierlichen Füßchen kaum den Boden, und wo sie ihn berührten, schimmerte das Gras von goldnem Glanze. Dabei sangen sie überaus lieblich:

>>Luft'ge Kreise, lichte Gleise
Von Gesang und Mondenschein
Ziehn wir leise dir zur Reise,
Kehre bei uns Elfen ein!<<

Das ließen sich die Reisenden nicht zweimal sagen und eilten sehr erfreut über die große Höflichkeit aus ihrem Versteck hervor. Kaum waren sie indes auf den freien Platz herausgekommen, so war plötzlich die ganze Erscheinung lautlos verschwunden, und sie schwankten auf einem mit trügerischem Rasen bedeckten Moorgrund, in welchem Rüpel sogleich bis über die Knie versank. Dabei glaubten sie hier und da heimlich lachen zu hören, konnten jedoch durchaus niemand mehr entdecken. Rüpel aber, um sich zu helfen, griff wütend um sich, erwischte den Magog, der soeben schon wieder aufs Trockne sprang, beim Rockzipfel und riß ihm einen Schoß seines alten Frackes glatt weg, worüber der Doktor höchst entrüstet wurde und beide in einen sehr unangenehmen und lauten Wortwechsel gerieten.

Nachdem sie sich endlich herausgearbeitet und an dem Moose möglichst wieder gesäubert hatten, sagte Rüpel: »Ja, in dieser Gegend ist's nicht recht geheuer, hier nahebei muß auch der stille See liegen mit dem versunkenen Schlosse; man kann, wenn's windstill ist, tief im Grunde noch die Türme sehen, und manchmal in schönen Sommernächten taucht es herauf, bis die ersten Hähne krähen.« Und in der Tat, der unheimliche Spuk wollte gar nicht aufhören, je weiter sie in der verrufenen Gegend fortschritten. Irrlichter hüpften überall über den Weg vor ihnen und spielten und wandten sich untereinander wie junge Kätzchen; dann fuhren sie neckend nach Rüpels Bart, setzten sich auf Magogs Hut oder haschten von hinten nach ihm, als wollten sie ihm den noch übriggebliebenen Frackschoß abreißen. Rüpel sagte: »Die närrischen Dinger werden mir noch meine Wildschur anzünden«, und suchte immerfort eines zu greifen, und da es jedesmal mißlang, brach er endlich in ein so herzhaftes Lachen aus, daß es weit durch den Wald schallte und die Irrlichter erschrocken nach allen Seiten auseinanderfuhren.

»Hab' ich's nicht gesagt?!« rief dann Rüpel, indem er plötzlich ganz erschrocken stillstand und mit dem Finger in die Nacht hinauswies. Magog wandte sich rasch herum und erblickte in der Waldeinsamkeit einen großen klaren See, und mitten in dem See ein schneeweißes Schloß mit goldnen Zinnen, das sich wie ein schlummernder Schwan im Wasser spiegelte, und rings um das Schloß herum schien ein Garten mit Myrten, Palmen und andern wunderbaren Bäumen gleichfalls zu schlummern, so still war es dort. Jetzt aber erhoben sich auf einmal einige Elfen, die unter den Palmen geschlafen hatten, dann immer mehrere, und gleich darauf sah man sie alle wie Johanniswürmchen geschäftig hin und her irren, als würde dort ein großes Fest vorbereitet. Dabei streiften sie im Vorüberschweben mit ihren Fingerspitzen Bäume, Blumen und Sträucher, die von der flüchtigen Berührung allmählich in hundertfarbigem Glanze, wie lauter Bergkristalle, Rubinen, Smaragden und Saphire zu leuchten anfingen, und wenn die Luft durch den Garten ging, gab es einen wunderbaren Klang, als ob der Mondschein selber sänge. – »Das ist ihr Traumschloß«, flüsterte Rüpel dem Magog zu und wandte kein Auge von der prächtigen Illumination. Magog aber warf stolz den Kopf zurück. »Einfältiges Waldesrauschen, alberne Kobolde, Mondenschein und klingende Blumen«, sagte er mit außerordentlicher Verachtung, »nichts als Romantik und eitel Märchen, wie sie müßige Ammen sonst den Kindern erzählten. Aber der Menschengeist ist seitdem mündig geworden. Vorwärts! die Weltgeschichte wartet draußen auf uns.« Mit diesen Worten drängte er den kindlichen Riesen fort zu verdoppelter Eile und ruhte nicht, bis der Blumengesang und der schimmernde Garten hinter ihnen verklungen und versunken.

Das war aber nun einmal eine wahre Hexennacht, denn sie mochten kaum noch eine Stunde lang gegangen sein, so hörten sie schon wieder ein seltsames Geräusch vor sich, ein Schwanken und Knistern in den Zweigen und Hufklang dazwischen, immer näher und näher, wie wenn jemand rasch und heimlich durch das Dickicht bräche. Und es war auch wirklich ein flüchtiger Zug, der gerade auf sie zukam. Voran eilten viele Irrlichter in lustigen Sprüngen, um unter den Eichenschatten den Weg zu zeigen, dann folgte ein Hirsch, und auf dem Hirsche saß eine sehr schöne Dame, von ihren Locken, wie von einem goldnen Mantel, durch den die Sterne schienen, rings umwallt und einen Kranz ums Haupt, der in grün-goldnem Feuer funkelte. Als sie die beiden Wandrer gewahrte, stutzte sie, und auf einen Wink von ihr hielten Hirsch und

Irrlichter plötzlich an. Rüpel verneigte sich, so tief er's vermochte, und wagte kaum verstohlen aufzublinzeln, während die Irrwische, die keinen Augenblick ruhig bleiben konnten, sich schon wieder mit Magogs verwitwetem Rockschoß zu schaffen machten. »Was sucht ihr hier?« fragte die Reiterin, die Fremden mit einem strengen und durchdringenden Blick betrachtend. – »Die Libertas«, entgegnete Magog stolz. Da lachte die Dame und winkte wieder, und wieder eilten die Irrlichter voran und flog der Hirsch mit seiner schönen Herrin über den Rasen fort – sie schienen nach dem Traumschlosse hinzuziehen.

Jetzt erst richtete sich Rüpel mühsam aus seiner Devotion wieder auf; »gewiß Ihre Majestät die Elfenkönigin«, rief er, dem Zuge noch lange nachsehend. »Das wäre mir eine schöne Königin«, erwiderte Magog, »ihr Diadem war nicht einmal echt, nichts als leuchtende Johanniswürmchen.«

Der Morgen fing endlich an zu dämmern, in der Ferne krähte schon ein Hahn; da bog Rüpel bald da, bald dort die Wipfel auseinander und spähte unruhig nach allen Seiten umher. »Jetzt hab' ich's!« rief er auf einmal, »dort ist das Schloß des Baron Pinkus.« – »Das trifft sich ja vortrefflich«, entgegnete Magog, »es scheint noch alles zu schlafen droben, wir müssen das Schloß überrumpeln. Der Star hat mir alles ausführlich beschrieben; dort in dem Eckturm sitzt die Libertas gefangen. Sie, lieber Herr Rüpel, haben gerade die gehörige Leibeslänge, Sie langen also ohne weiteres in das Turmfenster hinein und heben die Gefangene in meine Arme. Ja, jetzt gilt's: Entführung, Hochzeit, Tod oder Haushofmeister!« Nun aber hatte er seine Not mit dem Riesen, der nicht so leise auftreten konnte, wie es die Wichtigkeit des entscheidenden Augenblicks erheischte und überdies bald Eicheln knackte, bald wieder einen Ast abbrach, um sich die Zähne zu stochern. Jetzt glaubten sie in dem Schloßhofe einen Hund anschlagen zu hören. »Um des Himmels willen«, flüsterte Magog seinem Gefährten zu, »nur still jetzt, sachte, sachte!« – So zogen sie sich vorsichtig am Rande des Waldes hin, als ob sie ein Eulennest beschleichen wollten.

Da sahen sie zu ihrer nicht geringen Verwunderung auf einmal einen glänzenden Punkt sich wie eine Sternschnuppe übers Feld bewegen. Es kam immer näher, und bald konnten sie deutlich unterscheiden, daß es eine Frauengestalt und die Sternschnuppe eine glimmende Zigarre war, die sie im Munde hielt. Sie kam, wie es schien, in großer Angst vom Schlosse gerade auf sie dahergeflogen; eine prächtige

Amazone mit Schärpe, Reitgerte und klingenden Sporen, ein zierliches Reisebündel unter dem Arm. Jetzt stand sie atemlos dicht vor Magog, den sie beinahe umgerannt hätte. – »Mein Ideal!« rief sie da plötzlich aus, und »Libertas!« schallte es aus Magogs entzücktem Munde herüber. Sie hatten einander im Augenblick erkannt, ein geheimnisvoller Zug gleichgestimmter Seelen riß Herz an Herz, und in einer langen stummen Umarmung ging ihnen die Welt unter und die Ewigkeit auf. – Unterdes war auch Rüpel neugierig zwischen den Bäumen hervorgetreten, da erschrak die Dame sehr und sah ihn scheu von der Seite an. Rüpel aber, dem ihr neckisches Wesen gefiel, wurde auf einmal sehr galant, wollte ihr seine Bärenhaut unterbreiten und sie in seinem Futtersack durch den Wald tragen, ja er versuchte sogar in seiner Lustigkeit auf dem Rasen eine Menuett auszuführen, die er einst die alte Urtante hatte tanzen gesehen. Nun wurde auch die Dame wieder ganz vertraulich und erzählte, wie sie es auf dem barbarischen Schlosse nicht länger habe aushalten können; dann geriet sie immer mehr in sichtbare Begeisterung und sprach von Tyrannenblut, von Glaubens-, Rede-, Preß- und allen erdenklichen Freiheiten. Da hielt sich Magog nicht länger, reckte zum Treuschwur den Arm hoch zu den Göttern empor, reichte ihr darauf die Rechte und verlobte sich sogleich mit ihr, und Rüpel schrie in einem fort Vivat! dazu.

Über diesem Freudengeschrei aber entstand nach und nach ein bedenkliches Rumoren im Schlosse. Die Verliebten draußen merkten es gar nicht, wie erst einzelne Wachen verdächtig über das stille Feld fast bis zum Walde streiften und dann eiligst wieder zum Schloß zurückkehrten. Auf einmal aber tat sich das Schloßtor auf, und die ganze bewaffnete Macht schritt mit dem Feldgeschrei: »Die Libertas ist entwischt!« todesmutig daraus hervor. Dazwischen konnte man deutlich die Stimme des Baron Pinkus unterscheiden, der entrüstet gegen das Dasein von Riesen und dergleichen abergläubischen Nachtspuk, wovon die Streifwachen gefabelt, im Namen der Aufklärung protestierte. Jetzt aber erblickten sie den Rüpel, den sie anfangs für einen knorrigen Baumstamm angesehen hatten, und hielten plötzlich an. Niemand wagte sich zu regen, es war so still, daß man fast die Gedanken hören konnte; überall nichts als ein irres Flüstern mit den Augen, todbleiche Gesichter und fliegende Röte dazwischen, kurz, alle Symptome einer allgemeinen Verschwindsucht. Bei Pinkus endlich kam sie zum Ausbruch. Erst ganz leise mit langen langen Schritten, den Kopf noch immer zurückgewendet, dann unaufhaltsam in immer weiteren Sprüngen, daß ihm der Opferzopf hoch in der Luft nachflog, stürzte er nach dem Schlosse und die bewaffnete Macht in wildester Flucht ihm nach. Rüpel hatte eben nur noch Zeit genug, den behenden Pinkus mit ein paar gewaltigen Sätzen am Zipfel seines Zopfes zu erfassen, aber er behielt den Zopf allein in der Hand, und damit hieb er wütend rechts und links und trieb sie alle vor sich her; ja, er wäre ohne Zweifel mit ihnen zugleich in das Schloß gedrungen, wenn er nicht in der Hitze des Gefechtes an den Schwibbogen des Tores mit solcher Vehemenz mit dem Kopfe angerannt wäre, daß er unversehens rücklings zu Boden fiel, was den empfindlich Geschlagenen notdürftigen Vorsprung gewährte, sich in das Schloß zu salvieren und, ehe Rüpel sich wieder aufraffte, die eisernen Torflügel dicht vor ihm krachend zuzuwerfen.

Nun wandte sich Rüpel sehr vergnügt um, mit Magog weiteren Kriegsrat zu pflegen. Aber wie erstaunte er, als er niemand hinter sich erblickte. Vergebens ging und rief er am Rande des Waldes auf und nieder, die beiden Liebenden waren spurlos verschwunden. Die Libertas mag sich wohl vor dem Schlachtlärme etwas tiefer in den Wald zurückgezogen haben, dachte er; er hoffte noch immer, sie wiederzufinden und ging und rief von neuem immer weiter fort, worüber er aber mit dem Echo, das ihm lauter unvernünftige Antworten gab, in einen ebenso heftigen als fruchtlosen Wortwechsel geriet. Und so hatte er denn von der ganzen großen Unternehmung nichts als ein paar neue Löcher in seiner alten Wildschur gewonnen und schritt endlich voller Zorn und so eilfertig wieder in den Urwald zurück, daß wir ihm unmöglich weiter nachgehen können.

Wie aber war die Libertas so unverhofft aus ihrem Turme entkommen?

Wir haben schon früher gesehen, daß seit ihrer Gefangenschaft im Pinkusschen Schlosse und Garten die gute alte Zeit wieder repariert und neu vergoldet worden, wo sie durch ihre impertinente Einmischung etwa gelitten hatte. Alles schämte sich pflichtschuldigst der augenblicklichen Verführung und Verwilderung; in der schillernden Mittagsschwüle plätscherten die Wasserkünste wieder wie blödsinnig immerfort in endloser Einförmigkeit; die Statuen sahen die Buchsbäume, die Buchsbäume die Statuen an, und die Sonne vertrieb sich die Zeit damit, auf den Marmorplatten vor dem Schlosse glitzernde Schnörkel und

Ringe zu machen; es war zum Sterben langweilig. Libertas hatte daher schon lange nachgedacht, wie sie sich befreien könnte, und sann und sann, bis endlich die Nacht der ganzen Industrie im Schloß das Handwerk gelegt und draußen die Welt ungestört wieder aufatmete. Auch der Schwan auf dem Wallgraben unter dem Turm war nun eingeschlummert, und drüben standen die Wälder im Mondschein. Da trat Libertas an das offene Fenster und sprach:

»Wie rauscht so sacht
Durch alle Wipfel
Die stille Nacht,
Hat Tal und Gipfel
Zur Ruh' gebracht.
Nur in den Bäumen
Die Nachtigall wacht
Und singt, was sie träumen
In der stillen Pracht.«

Die Nachtigall aber antwortete aus dem Fliederbusche unten:

»In der stillen Pracht,
In allen frischen Büschen, Bäumen flüstert's in Träumen
Die ganze Nacht,
Denn über den mondbeglänzten Ländern
Mit langen weißen Gewändern
Ziehen die schlanken
Wolkenfrauen, wie geheime Gedanken,
Senden von den Felsenwänden herab die behenden
Frühlingsgesellen: die hellen Waldquellen,
Um's unten zu bestellen
An die duftigen Tiefen,
Die tun, als ob sie schliefen,
Und wiegen und neigen in verstelltem Schweigen
Sich doch so eigen mit Ähren und Zweigen,
Erzählen's den Winden,
Die durch die blühenden Linden,
Vorüber an den grasenden Rehen
Säuselnd über die Seen gehen,

Daß die Nixen verschlafen auftauchen
Und fragen,
Was sie so lieblich hauchen?
Ich weiß es wohl, dürft' ich nur alles, alles sagen.«

Hier kam plötzlich ein Storch aus dem Gesträuch und klapperte zornig nach dem Fliederbusche hin, und die Nachtigall schwieg auf einmal. – »Was hat nur der Storch mit der Nachtigall zu so später Zeit? er ruht doch sonst auch gern bei Nacht«, sagte Libertas zu sich selbst und wußte gar nicht, was sie davon denken sollte.

Aber die Nachtigall wußte es recht gut, und daß sie in der Nähe des Schlosses nicht so viel ausplaudern sollte; denn unter den freien Tieren des Waldes war in jener großen nächtlichen Versammlung, die Magog auf seiner Wanderschaft von ferne mit angesehen hatte, eine geheime Verschwörung gemacht worden und sollte eben in der heutigen Nacht zum Ausbruch kommen. Schon am vorigen Abend war es den Land- leuten, die vor Schlafengehen noch ihre Saaten in Augenschein nahmen, sehr aufgefallen, wie da über der Au im Tale, wo die glänzenden Sommerfäden an den Gräsern hingen, so viele Schwalben emsig hin und her schweiften und mit ihren Schnäblein die Fäden aufrafften, soviel eine jede im Fluge erhaschen konnte, daß sie, als sie damit durch die Luft flogen, wie in langen silbernen Schleiern dahinzogen. Dieses feine Gespinst aber breiteten die Schwalben sodann auf einer einsamen Waldwiese im Mondschein aus; da kamen hurtig unzählige kleine Spinnen, die schon darauf gewartet, rote, braune und grüne, und drehten die Fäden fleißig zusammen und woben, damit es besser aus- sähe, auch etwas Mondschein darein, während die Johannisfünkchen ihnen dabei leuchteten und die Heimchen dazu sangen. Kaum aber hatten sie die letzten Maschen geknüpft, so säuselte es leicht durch die Stille, von allen Seiten kamen Bienen, die heute Schlaf und Honig vergaßen, dicke Päckchen an ihren Füßen, die streckten und streiften mit dem Wachse das ganze Gespinst gar kunstreich zu einer langen Strickleiter. Unterdes sah man bei dem klaren Mondlicht bald da, bald dort am Waldessaume ein Reh mit den klugen Augen hervorgucken und schnell wieder im Dickicht verschwinden, denn das wachsame Wild machte die Runde, um sogleich zu warnen, wenn etwa Verrat drohte. Der getreue Storch aber, der vorher die Nachtigall wegen ihrer Plauderhaftigkeit ausgescholten, stand die ganze Zeit hindurch, nur ein paarmal wider Willen einnickend, unbeweglich auf einem Beine bei den Spinnen und Bienen, um auf ihr Werk aufzupassen und ohne Nachsicht jeden wegzuschnappen, der sich bei der Arbeit saumselig zeigte. Und als die Leiter fertig war, prüfte er sie bedächtig, hing sie dann an den Ast des nächsten Baumes und stieg selbst daran hinauf, um so zu versuchen, ob sie fest genug, wobei er sich aber so ungeschickt und seltsam anstellte, daß die kleinen behenden Kreaturen ringsumher einigemal heimlich kichern mußten und die Heimchen neckend: »Storch, Storch, Steiner, hast so lange Beiner!« zu ihm hinüberriefen, worüber er jedesmal sehr böse wurde und mit seinem langen Schnabel nach ihnen hackte.

Als er nun aber sah, daß alles gut war, nahm er das eine Ende der luftigen Leiter in den Schnabel, flog damit zu dem Fenster der Libertas hinan und schlang es fest um das Fensterkreuz. Zu gleicher Zeit schlug die Wachtel gellend in dem nahen Kornfelde; das war das verabredete Zeichen. Da erwachten alle Waldvögel draußen, die ohnedies nicht fest geschlafen vor Freude und Erwartung und weil die Nachtigall die ganze Nacht so laut geschmettert hatte. Die flogen nun alle nach dem Turmfenster droben, pickten an die Scheiben und sangen ganz leise:

»Frau Libertas, komm heraus!
Denn der liebe Gott hat lange
Draußen unser grünes Haus
Schon geschmückt dir zum Empfange,
Hat zur Nacht die stillen Tale
Rings mit Mondenschein bedeckt,
Und in seinem Himmelssaale
Alle Lichter angesteckt.
Horch, das rauscht so kühl herauf,
Frau Libertas, wache auf!«

Aber Libertas, die an dem heimlichen Treiben draußen längst alles gemerkt, hatte schon ihr Bündel geschnürt und betrat, die treuen Vögel freundlich grüßend, die Strickleiter, und wie sie so in die Nacht hinabstieg, boten ihr die kleinen Birken, die aus den Mauerritzen des alten Turmes wuchsen, überall helfend die grünen Hände, und von unten wehte ihr der Duft der Wälder und Wiesen erfrischend entgegen. Als sie aber an den breiten Wallgraben kam, war schon der Schwan am

Ufer und schwellte stolz seine Flügel wie zwei schneeweiße Segel. Da setzte sich Libertas dazwischen, und er glitt mit ihr hinüber und betrachtete voll Entzücken ihr schönes Bild, das auf dem Spiegel des Weihers neben ihm dahinschwebte. Unterdes aber hatte der Kettenhund im Hofe schon lange die Ohren gespitzt und weckte jetzt laut bellend seinen Nachbar, den boshaften Puter, der hätte bald alles verraten, er kollerte so heftig, daß er ganz rot und blau am Kragen wurde vor Zorn und Hoffahrt, darüber wachten auch die Gänse im Stalle auf und schrien Zeter und abermals Zeter, denn sie hatten die rechte Witterung von den heimlichen Umtrieben im Turme und fürchteten alle, wenn die Libertas entwischte, aus dem guten Futter zu kommen und zu den andern gemeinen Vögeln in die Freiheit gesetzt zu werden. Aber ihr Lärm und Ärger kam zu spät, Libertas war schon jenseits des Wallgrabens. Drüben aber stand ein Hirsch am Waldessaume und neigte die Knie und sein Geweih vor ihr bis auf den Rasen. Da schwang sie sich rasch hinauf, und fort ging es durch Nacht und Wald, und der Storch mit den andern Vögeln, um ihr das Geleit zu geben, stürzte sich hintendrein vom Turme in die Luft, in stillen Kreisen über den mondbeglänzten Gärten, Wäldern und Seen schwebend. Die im Schlosse merkten es erst bei Tagesanbruch, wo sie, wie wir gesehen, zu ihrem Unglück auf ihre Verfolgung ausrückten. Nur die Hirten, die an den Bergeshängen bei ihren Herden wachten, hörten erstaunt den Gesang in den Lüften und die geheimnisvolle Flucht im Waldesgrund an den einsamen Weilern vorüberziehen. Und das war eben die schöne Frauengestalt auf dem Hirsch, die in derselben Nacht Rüpel und Magog auf ihrer Wanderschaft im Urwald gesehen, ohne die Libertas zu erkennen, auf deren Befreiung sie so schlau und vorsichtig ausgezogen.

Die Amazone aber, die sie gerettet hatten, war niemand anders als die Pinkussche Silberwäscherin Marzebille, ein herzhaftes Frauenzimmer, die schon früher als Marketenderin mit den Aufklärungstruppen durch dick und dünn mit fortgeschritten und nirgends fehlte, wo es was Neues gab. Die hatte nun seit der Libertas Erscheinung eine inkurable Begeisterung erlitten und sich daher an jenem denkwürdigen Morgen kurz resolviert, aus dem Schloßdienst in die Freiheit zu entlaufen. Der Doktor Magog aber war damals vor dem unverhofften Schlachtgetümmel am Schlosse so heftig erschrocken, daß er mit seiner glücklich emanzipierten Braut, die hier alle Schliche und Wege kannte, unaufhaltsam sogleich quer durch Deutschland und übers Meer bis nach Amerika entfloh, wo er wahrscheinlich die Marzebille noch heut für die Libertas hält.

Da konnte sie denn Rüpel freilich nicht mehr errufen. Und das schadet auch nichts, denn Magog hatte schon während der feierlichen Verlobung hin und her gesonnen, auf welche Weise er den Riesen, da er ihn nun nicht mehr brauchte, wieder loswerden könnte; er dachte gar nicht daran, einen so ungeschlachten Gesellen zu seinem Haushofmeister zu machen, dessen große Familie ihm wohl bald Haus und Hof verzehrt hätte. Dafür haben ihn, gleichwie die Menschen Vogelscheuchen aufzurichten pflegen, die dankbaren Vögel in Erwägung seiner vor dem Schlosse bewiesenen Bravour als Hüter des Urwaldes angestellt, mit der einzigen Verpflichtung, von Zeit zu Zeit mit den schrecklichsten Tierfellen, Mähnen und Auerochsenhörnern sich am Rande des Waldes zu zeigen. Dort also hat der Biedermann endlich sein sicheres Brot.

Die emigrierte Urtante ist gänzlich verschollen. Von der Libertas dagegen sagt man, daß sie einstweilen bei den Elfen im Traumschlosse wohne, das aber seitdem niemand wieder aufgefunden hat.